KB062825

일곱
빛깔
사랑

일곱빛깔 사랑

에쿠니 가오리 외 지음
신유희 옮김

소담출판사

일곱 번째 사랑

펴 낸 날 | 2006년 12월 29일 초판 1쇄

지 은 이 | 에쿠니 가오리 외
옮 긴 이 | 신유희
펴 낸 이 | 이태권
펴 낸 곳 | 소담출판사
　　　　　서울시 성북구 성북동 178-2 (우)136-020
　　　　　전화 | 745-8566~7 팩스 | 747-3238
　　　　　e-mail | sodam@dreamsodam.co.kr
　　　　　등록번호 | 제2-42호(1979년 11월 14일)
　　　　　홈페이지 | www.dreamsodam.co.kr

ISBN 89-7381-894-5 03830
● 책값은 뒤표지에 있습니다.

"남자와 여자에게 가장 소중한 게 뭐라고 생각해요?"

"사랑이라는 말, 너무 무거워서 어떤 때 사용해야 좋을지 모르겠어요."

차 례

드라제

에 쿠 니 　 가 오 리

조금 있으면 히로유키가 데리러 오기로 되어 있다. 그의 차가 보이면 달려가야지.
히로유키는 틀림없이 조수석 창을 열어주겠지?
그러면 우선 아까 받은 아몬드에 설탕 옷을 입힌 사탕 ― '드라제'라고 부른다 ― 을 던져 넣고,
그 드라제보다 달콤한 키스를 하자.
가볍게, 그러면서도 확실하고 열렬한 사랑을 담아, 차창 너머로.

에쿠니 가오리

도쿄 출생. 『409래드클리프』(제1회 페미나상), 『향기로운 날들』(제38회 산케이 아동출판 문화상, 제7회 쓰보타 조지 문학상), 『반짝반짝 빛나는』(제2회 무라사키시키부 문학상), 『나의 작은 새』(제21회 로보우노이시 문학상), 『헤엄치기에 안전하지도 적절하지도 않아요』(제15회 야마모토 슈고로상), 『울 준비는 되어 있다』(제130회 나오키상). 그 밖의 저서로 『냉정과 열정 사이』, 『호텔 선인장』, 『웨하스 의자』, 『낙하하는 저녁』, 『도쿄타워』, 『언젠가 기억에서 사라진다 해도』 등이 있다.

요트하버라는 곳에 처음 와봤다. 하늘은 낮게 드리워져 있어 무거운 느낌이다.

"분홍색 옷 입은 여자분, 좀더 다가서세요. 네, 좋습니다."

카메라를 든 남자가 과장된 손짓으로 사람들을 움직인다. 바람이 강하다. 회색 마직 슈트는 실루엣이 가늘고 스커트 길이도 길어서 말려 올라갈 염려는 없지만 나는 무심코 누른다. 무릎 위 부근을.

"그리고 줄무늬의 나, 나는 숙이지 않아도 돼."

맨 앞 열에서, 주위 어른들과 마찬가지로 몸을 낮추려던 소년의 말에 여기저기서 작은 웃음이 피어난다.

"근사한 파티였죠?"

사진 찍는 데 시간이 걸리자 따분했는지 옆에 있던 초로의 남자가 말을 걸어온다.

"신랑과 아는 사이인가요?"

"네. 그가 이전 회사에 있을 때."

내가 미소 지으며 대답하자, 남자가 고개를 끄덕이더니 유쾌한 목소리로 말한다.

"아, 이전 회사 분이십니까?"

남자는 조금 취한 것 같다. 배 위에서 대접받은 샴페인이며 와인들 탓에. 나는 이 남자가 멋대로 오해하게 놔둔다.

"자, 모두 웃으시고!"

카메라맨의 지시대로, 나는 웃음 띤 얼굴을 만든다. 타고난 큰 입으로, 확실하게.

'우라베 나츠오'와 나는 분명 그가 이전 회사에 다닐 때 알게 되었다. 영화 배급사였는데 사실 우리의 만남과 그 회사는 아무 상관이 없다. 당시 나는 센다이에 살고 있었다. 그곳에 나츠오가 나타난 것이다. 우리는 젊고 자유로웠다. 자아도 자의식도 충분히 갖추고 있었다.

센다이는 아름다운 거리다. 드넓은 포장도로, 아른아른 흔들리는 가로수의 초록. 자연스러운 밝음이 존재하는 평온한 거리. 그곳에선 역사와 전통은 지켜야 하는 것이 아니라, 오히려 역사와 전통의 보호 아래 거리가 그냥 거기 있는 것 같은 느낌이 들었다. 그 소통 잘 될 것 같은 분위기가 나는 마음에 들었다.

그 거리에서 나는 치과의사로 일하고 있었다. 머지않아 도쿄에서 아버지의 치과를 물려받기로 되어 있었지만, 그전에 다른 곳에서 보고 배우는 것도 나쁘지 않을 거란 생각에서였다. 나는 콧대 세고 오만한 아가씨였다. 20대의 마지막, 내 스스로 아름답다는 것을 알고 있었다.

일 외에 나는 그곳에서 몇 가지 서클 활동을 했다. 센다이 거리에 사는 외국인들에게 일본어를 가르치거나, 동인지의 편집 일을 돕기도 하고, 음악 서클에서 첼로를 연주하기도 했다. 첼로는 네 살 때 배우기 시작한 이래 변함없이, 내 인생에서 좋아하고 신뢰하는 것 중 한 가지다.

'쾌활'이라는 것이, 내 스스로 만들어낸 자화상이었던 것 같다. 나는 세심한 주의를 기울여 그것을 만들어냈다.

수요일 오후 6시. 내가 그 거리에서 맞는 두 번째 여름. 그날은 비가 내렸다.

"이쪽은 우라베 나츠오."

내가 소속되어 있던 음악 서클의 거점이라고도 할 만한 찻집
—담쟁이덩굴이 뻗어 올라간 벽, 삭기 시작한 나무 문, 녹이 슨
큼직한 경첩, 먼지투성이. 하지만 마음을 편안하게 해주는 노인
의 집 비슷한 분위기와 냄새—의 주인인 테츠오 씨가 그렇게 말
하며 나츠오를 소개해주었다.

나츠오는 양복 차림이었다. 영화 이벤트가 있어, 3주 동안 출
장 와 있다고 말했다. 그를 보았을 때 내 머릿속에 맨 처음 떠오
른 단어는 '진부하다'라는 단어였다. 감색 양복에 연지색 넥타
이, 모양이 망가진 로퍼 스타일 구두 그리고 웃는 얼굴.

'싱글벙글'이라는 단어를 현실로 옮기면 이렇게 된다는 것을
보여주는 듯한 얼굴이었다. 피부색이 희고 표준보다 다소 살집
이 좋은 나츠오는 그 웃는 얼굴 탓에 낡아빠진 인형처럼 보였
다. 게다가 기묘한 색돌이 박힌 반지를 끼고 있었는데, 그의 두
툼한 손에 전혀 어울리지 않았다.

그것이 그가 졸업한 대학의 학교반지이며, 색돌은 그의 탄생
석인 애미시스트(자수정)임을 나는 조금 지나서 알게 되었다.

여하튼 테츠오 씨의 먼 친척이라는 '우라베 나츠오'와 나는
그렇게 만났다.

그때 나는 테츠오 씨와 연애하는 사이였다. 테츠오 씨는 어른

14

스러운 데다 모르는 게 없고, 농부 같은 육체도 아름답고, 정열적이 되어야 할 때와 그러지 않아도 될 때의 차이를 잘 알고 있다고, 당시의 나는 생각했다. 완벽하다고. 본디 나는 팔힘 강한 남성을 거역하지 못한다.

서클 동료들은 아마도 우리 관계를 알고 있었던 것 같다. 테츠오 씨의 아내도.

그 수요일에, 우리가 거기서 아이리시 위스키를 섞은 커피를 마시면서 무슨 이야기를 했는지, 매주 가져와 듣던 음반이 앤 버튼이었는지 드보르자크였는지, 기억나지 않는다.

"자살하고 싶었던 적 있습니까?"

10시인가 11시쯤 되어 돌아가려는데, 삭아들기 시작한 나무문을 열며 나츠오가 내게 물었던 일만 기억난다. 그는 생글거리며 그러나 나에게만 들리도록 목소리를 한껏 낮추어 그렇게 물었다.

"네?"

나는 되물었다. 오늘 처음 만난 사람이, 더구나 느닷없이 묻는 말치고는 묘한 질문이라고 생각되었기 때문이다. 그러나 나츠오는 질문을 반복하지 않았다. '알아들었다는 거 다 압니다.' 하는 듯한 표정으로, 싱글벙글 웃으며 나를 보았다. 비는 여전히 내리고 썰렁하게 젖은 밤 냄새가 났다.

"없어요."

나는 말하고 나서, 가지고 있던 우산을 펼쳤다.

"다행이네."

나츠오가 말했다.

"나는 늘 자살을 생각합니다."

'진부하다'는 인상이 '괴짜'로 바뀌었다. 나는 아마도 눈살을 찌푸리며 그의 얼굴을 보았을 것이다.

"테츠오 씨는 조심하는 편이 좋을 겁니다. 그는 당신 같은 사람을 좋아하니까."

발칙하게도 나츠오는 그렇게 덧붙였다.

"사람을 좋아하는 건 나쁜 짓이 아니에요."

나는 발끈하여 되받아쳤다. 우리는 모두 역을 향해 뿔뿔이 걸어갔다. 비에 젖어 반짝이는 아스팔트 도로. 와이퍼를 움직이면서 좁은 일방통행 길로 들어오는 자동차.

"사람을 좋아하는 거라……."

왜 그런지 나츠오의 어투가 시건방진 초등학생 말투 같다고 나는 생각했다.

"테츠오 씨는 당신을 좋아하는 것이 아니라, 당신 같은 사람을 좋아하는 거니까."

그는 이미 아는 사실을 말하듯 간단히 말했다. 나의 몸 깊은 곳에서 노여움이 타오른 이유는, 내 나름대로 짚이는 구석이 있었기 때문이리라.

"그만 됐어요."

말을 내뱉고 그에게서 멀어졌다. 역은 눈앞에 있었다. 나는 빠른 걸음으로 개찰구를 빠져나가, 두 개 역을 지나 집으로 돌아왔다. 물론 나는 화가 나 있었다. 그리고 어쩌면 마음에 상처를 입었는지도 모른다.

매주 수요일 밤은, 모임 후에 테츠오 씨가 우리 집에 오기로 되어 있었다. 그날은 내게 소중한 밤이었다. 오직 그 시간을 위해 평소 마시지도 않는 버번을 사놓았고, 재즈 음반도 두세 장 마련했다.

그래서 차임벨이 울리고 문을 열었을 때, 나츠오가 그곳에 서 있는 것을 보고 나는 놀랄 수밖에 없었다. 오늘은 테츠오 씨에게 사정이 생겨서 대신 자신이 왔노라고, 나츠오는 말했다. 여전히 그는 낡아빠진 인형처럼 보였다.

나는 내 표정이 순식간에 어두워지는 것을 느꼈다. 테츠오 씨를 만나고 싶었던 것이다. 우선 현관에서 서로를 부둥켜안고,

방 한 칸짜리의 좁지만 깨끗하게 정돈된 우리 집에서 술을 홀짝이며 음악을 듣고, 일주일 동안 있었던 일을 서로 이야기한다. 서로를 쓰다듬고 입맞춤을 반복하다 이윽고 침대에 쓰러져 온몸을 해방시킨다. 그것은 여러 사람과 함께 있을 때와는 다른 모습의 우리였다.

"실망시켰나봐요."

나츠오의 말에 나는 한숨을 쉬었다.

"나츠오 씨 탓은 아니죠."

하지만 당신을 방에 들일 수는 없다고, 나는 말했다. 나츠오는 의기양양한 얼굴로 고개를 끄덕이더니 말했다.

"잠깐 산책할래요?"

우리는 산책을 했다.

나츠오가 한 말은 새빨간 거짓이었으며, 이날 밤 테츠오 씨가 ― 우리가 산책에 나선 후에 ― 찾아왔었다는 것을 나중에 알게 되었다. 그러나 그때 나는 의심조차 하지 않았다. 테츠오 씨한테서 듣지 않는 한, 나츠오가 우리의 약속을 알고 있을 리 없었으니까.

지금 생각하면 나츠오는 그때 이미 무슨 병을 앓고 있었던 것 같다.

내가 살던 아파트는 번화한 장소에 자리하고 있어서, 한밤중에도 길에 음식점의 불빛들이 흘러넘쳤다. 말린 생선이며 소 혀를 굽는 연기와 냄새도.

우리는 한동안 빗속을 걸었다. 나츠오는 자신의 자살 욕구와 남녀 관계의 무모함에 대해 이야기했다. 그 이야기를 들으면서 나는 테츠오 씨를 만나고 싶다는 생각만 했다. 나츠오는 나를 아파트까지 바래다주었고 우리는 그렇게 헤어졌다.

반년 후에 다시 나츠오가 찾아왔을 때, 나는 테츠오 씨와 헤어진 후였다. 근무하던 치과의 의사와 연인 사이가 되어 있었다. 나츠오는 회사를 그만둔 상태였다. 양복은 입고 있지 않았지만, 색돌이 박힌 기묘한 반지를 끼고 있는 모습은 그때나 지금이나 똑같았다. 반년 전의 거짓말에 대해 나츠오는 내게 사과했다. 나는 이미 지난 일이라고 대답했다.

"산책 어때요?"

나츠오가 제안했고, 그날 밤도 우리는 산책을 했다. 큰길엔 가로수마다 소형전구가 깜박이고, 관광객을 상대하는 포장마차들까지 나와 있어서 북적였다.

"다시 연애에 빠져 있다고?"

나츠오의 말에 내가 대답했다.

"신경 끄시죠."

그때 내가 좋아한 치과의사는 키가 크고 독일어를 할 줄 아는 곰 같은 체형의 남자였다. 더위에 약해 땀을 많이 흘리며, 유부남에 아이는 아직 없고, 육류 요리와 모차르트를 좋아했다. 나는 그 사람을 위해 첼로로 종종 모차르트의 곡을 연주했다.

나츠오는 그 사람을 알고 있는 것 같았다. 그도 그럴 것이,

"그 사람도 당신 같은 사람을 좋아하는 남자니까."

라고 말했기 때문이다.

나는 멈춰 서서 허리에 양손을 짚었는지도 모른다. 화난 것처럼 보이려고. 하지만 제대로 화를 내지 못했을 것이다. 나츠오의 말은 신랄하면서도 고지식하고 애처로워서 제대로 화를 낼 수가 없다.

"그만 좀 하시죠."

그래서 그렇게 되풀이했다. 나츠오는 싱글벙글 웃고 있었다. 칭찬받은 초등학생마냥.

다소 묘한 상황이었지만, 우리는 센다이에서 두 번의 밤 산책을 통해 친구가 되었다.

처음 얼마 동안은 편지나 전화로 안부를 묻는 게 거의 다였다. 나츠오는 편지상으로는 수다스럽고 전화상으로는 조용했다.

우리는 남자와 여자로서 그후 여러 번 육체 관계를 가졌지만, 신기하게도 한 번도 연인 사이였던 적이 없다.

"사랑은, 적어도 쌍방이 거기에 열중하고 있는 동안은 무의미하지 않아요."

나는 나츠오에게 그런 말을 한 적이 있었다. 나츠오는 뭔가 눈부시게 재미난 것이라도 보는 듯한 시선으로 나를 보았다.

"진심으로 하는 말인가?"

질문이라고도 할 수 없게 그는 그렇게 말했다.

"그런 얘기를 진심으로 말할 수 있다니, 정말 뼛속 깊이 무지하고 어리석은 사람이네."

쓸쓸한 듯 감탄한 듯 그리고 부러워하는 듯이 말한 나츠오. 영리한 어린애 같던 그의 옆얼굴을 나는 기억한다.

"실례합니다."

연분홍색 원피스를 입은 젊은 여자가 푸한 머리를 바람에 헝클어뜨리면서 잰걸음으로 달려온다.

"저희들끼리만 좀 찍어주실래요?"

그렇게 말하고, 매끈한 소형 카메라를 내민다. 카메라를 받아들자, 웨딩드레스 차림의 신부 주위에 비슷한 또래로 보이는 여자 다섯 명이 금세 모여 카메라를 향해 제각기 표정을 짓는다. 연극처럼.

파인더 너머의 광경이 무척 허전하게 보인다. 콘크리트 지면과 잔뜩 찌푸린 하늘 사이에서, 작고 아담한 몸을 바싹 붙이고 있는 단장한 여자들. 나는 그 모습에서 방금 나눠 받은 사탕을 떠올린다. 흰색, 분홍색, 옥색의 드라제. 얼마나 무방비한지.

나는 셔터를 누른다.

그후 나는 도쿄로 돌아와 아버지의 치과를 물려받았다. 센다이 치과의사와의 원거리 불륜은 오래 지속되지 못했고, 이제 연애는 지겹다는 생각이 들기 시작할 무렵, 나츠오와 재회했다.

나츠오는 완전히 딴 사람이 돼 있었다. 볼이 홀쭉해질 정도로 야위고, 반지는 끼고 있지 않았으며, 반짝반짝 윤이 나는 구두를 신고 있었다. 기업가가 되었다고 했다. 신랄하면서도 성실한 인상을 주고, 생글거리면서도 쓸쓸해 보이는 구석은 예전과 변함이 없었다.

"마침내 깨달은 거로군. 헛된 착각이 없는 세계로 잘 오셨습니다."

바(Bar)처럼 어두운 고깃집에 앉아 고기를 구우면서 나츠오는 말했다.

우리는 둘 다 30대 중반에, 각자 하는 일도 순조롭고, 자신들을 제대로 성장한 어른이라고 여겼다. 실제로 나는 센다이에서 나츠오와 처음 만났을 무렵과 같은 쾌활한 숙녀는 이미 아니었고, 나츠오도 두툼한 손가락에 학교반지를 끼고 외부로부터 몸을 방어하는 듯한 감상적인 젊은이가 아니었다.

우리는 그날 밤 몸을 포갰다. 그것이 자연스러운 일처럼 생각되었다. 둘 다 상대에게 연애 혹은 그와 비슷한 감정을 품고 있지 않다는 것을 알고 있었다. 그래서 더욱 평온한 밤이었다.

편지와 전화로 안부를 주고받는 것에 더하여, 우리는 가끔 잠을 자는 사이가 되었다. 그것은 감미롭지는 않았으나 현실적으로 편안했다. 우리는 서로의 바람을 언어로 전달했다. 둘 다 확실하게 요구에 응했다.

그리고 얼마 지나, 나츠오는 신경쇠약을 앓고 입원과 퇴원을 반복하게 되었다. 나츠오는 나와 더 이상 만나고 싶지 않다면서, 일기 같은 편지를 잔뜩 보내왔다.

나는 나대로, 인생에 따라붙는 골칫거리 ― 육친의 노쇠와 질병과 사망, 마음 가는 남자에게는 어김없이 처자식이 있다는 모순, 직업에 대한 갈등, 용모의 쇠락에 대한 불안과 체념, 뜻하지 않은 연애, 상속과 세금, 가통을 끊는 데 대한 자책, 고독, 여자친구들과의 과도한 접근 및 말다툼 등등—를 경험했다.

나츠오가 몇 번째인가 입원한 병원에서 알게 된 카운슬러와 결혼해서 사는 동안에도, 나와 나츠오는 친구였다. 그가 이혼한 이후에도.

내가 치과병원을 2년 동안 남에게 맡기고, 마흔이 지나 스웨덴에서 유학하고 있는 동안에도, 우리는 편지며 사진을 주고받았다.

내가 '리리에베리'라는 우아한 성씨를 가진 남자를 데리고 귀국했을 때, 나츠오는 긴자에서 초밥을 사주며 말했다.

"당신, 질리지도 않나보군."

그 나츠오가 오늘 결혼식을 올렸다. 나츠오의 회사에서 근무한다는, 스무 살 조금 넘은 여성과.

"질리지도 않나봐요?"

교회 마당에서 나츠오와 마주친 나는 이렇게 말을 건넸다. 나츠오는 난감한 듯한 표정을 지었다.

이것이 나와 나츠오의 이야기이다.

'교회식으로 올리는 결혼식과 선상 파티'라는 화려한 하루는 어린 신부에게 주는 나츠오의 선물일 것이라 짐작한다.

리리에베리가 출국한 지 얼마 되지 않은 요즘, 나는 나츠오의 장기인 연애 불모설에 마음이 기울고 있다.

혼자 오도카니―하객 중에 내가 아는 사람은 한 명도 없다― 바닷바람을 맞는다. 세상은 나와 나츠오가 센다이에서 처음 만난 날과 조금도 달라지지 않았다. 오만한 아가씨들과 자살하고 싶은 청년들로 넘쳐난다. 나는 약간의 미소를 머금고 그런 생각을 한다. 그리고 그 똑같은 세상에 각기 다른 역할로 존재할 수 있음을 자유라고 느낀다. 풍화하는 것처럼, 한없이 자유롭다고 느낀다.

*

요트하버라는 곳에는 처음 와보지만, 부터 나는 어감과 달리 무척 쓸쓸한 느낌이 드는 장소다. 당장이라도 비가 내릴 것 같은, 9월치고는 놀랍도록 쌀쌀한 날씨 탓인지도 모른다.

코이 짱이 결혼을 하다니 솔직히 의외였다. 고교시절 친했던 여섯 명 가운데서도, 유난히 진지하고 촌스럽고 수수하고 말수

적고 완고한 아이였는데.

코이 짱은 '코이케 마사요'라는 이름을 갖고 있다. '마사요'가 아니라 성씨인 '코이'에서 딴 '코이 짱'으로 불린다는 점에서 이미 여자로서의 매력이 낮은 증거라고 나는 생각한다.

"사장 부인이라니."

오늘 하루 동안 우리 다섯 명은 열 번쯤 그 말을 했다. 뭐, 인터넷상에서의 '페트 비즈니스(Pet Business, 애완동물 사업_옮긴이)'라는 낯선 업종의 회사이긴 하지만.

"분홍색 옷 입은 여자분, 좀더 다가서세요. 네, 좋습니다."

카메라를 든 경박해 보이는 아저씨의 말에, 나는 한 발 왼쪽으로 빗겨 선다. 연분홍색 마직 미니드레스는 히로유키가 골라주었다.

"너는 다리가 예쁘니까 많이 드러내는 게 좋아."

히로유키는 이렇게 말하곤 했다. 남자들은 대개 자신의 여자가 맨살을 드러내는 것을 싫어하는데, 히로유키는 그런 속 좁은 남자가 아니다. 나는 그 점이 마음에 든다.

"그리고 줄무늬의 나, 나는 숙이지 않아도 돼."

카메라맨이 아이의 말을 흉내 내어 따라하자, 모두 부드럽게 웃는다. 코이 짱의 이종 사촌인 '줄무늬의 나'는, 옆가르마에 엉

뚱해 보이는 얼굴이 무척 귀엽다. 줄무늬 티셔츠에 빨간 스카프를 두른 해양 소년 차림이다.

둘러보니, 참석자의 평균 연령이 역시 높다. 신랑인 우라베 나츠오 사장의 나이가 이미 오십이니 무리도 아니다.

"친구 결혼식이라고 하면 보통 가슴 설레는 만남의 장인데."

입이 건 리카가 불만스러운 듯이 말한다. 오늘 아침에 일찍 일어나 미용실에 갔다왔다는 그녀의 말에, 그저 웃고 만다.

이런 장소에서, 리카처럼 무스며 스프레이로 머리를 손질하고 온 여자를 볼 때면 가여운 생각이 든다. 적어도 오늘 그녀의 차림은 남자에게 벗겨달라기 위한, 남자의 손가락으로 빗어달라기 위한 것은 아닐 터. 도대체 무엇 때문에 멋을 부리고 나왔을까.

여기까지 생각하고, 나는 아주 조금 스스로를 훈계한다. 코이짱도 리카도 소중한 친구들이다. 히로유키를 만난 이후, 본의 아니게 여자 친구들에게 소홀해졌다. 일찍이 그녀들은 내 인생의 보물이었음에도. 한 사람 한 사람, 성격도 외모도 장점도 단점도, 더없이 소중히 여기며 사랑했는데도.

"자, 모두 웃으시고!"

나는 히로유키가 '최고'라고 치켜세워주는 종류의 웃는 얼굴을 만든다. 살짝 옆을 향해 건방진 듯 유쾌한 듯 미소 짓는 것이다. 이렇게 하면 히로유키는 어김없이 내 머리를 긁적여준다. "아, 그 얼굴 정말 최고야!" 하면서.

아마도, 보물은 하나만 가질 수 있도록 되어 있나보다.

결혼하기로 했다고, 코이 짱이 중대발표를 한 것은 5월이었다. 그때는 이미 결혼식 날짜도 장소도 정해져 있었으므로, 당사자끼리의 결혼 약속은 좀더 이전에 이루어졌으리라. 물론 우리는 다섯 명 모두 떠들썩하게 목소리를 높이며 축복했다.

히로미의 '단골 가게'라고 우리가 일컫는, 오픈에어 카페에서의 일이다.

"누구랑? 누구랑?"

우리는 우선 그렇게 물었다. 코이 짱이 누군가와 교제하고 있다는 이야기를 그때까지 한 번도 들은 적이 없기 때문이다.

"사장님."

코이 짱은 대답했다. 아이스티를 빨대로 휘저으면서 남의 일 같은 말투로.

"믿을 수 없어! 언제부터 그렇게 된 건데?"

리카의 힐문에 코이 짱은 잠시 심각하게 생각하는가 싶더니 말했다.

"그걸 잘 모르겠어."

절대 얼버무리려는 기색은 아니었다.

"그게 무슨 소리야?"

기분 좋은 밤이었다. 서늘한 바람이 가로수의 잎과 가지를 흔들고, 그때마다 사락사락 듣기 좋은 소리가 들렸다.

나는 여느 때처럼 히로유키와 만날 약속이 되어 있었기에, 먼저 일어나겠다는 말을 꺼낼 타이밍을 가늠하고 있던 참이었다. 그런데 코이 쨩이 결혼에 이르게 된 경위가 너무 흥미진진하여 그만 두 잔째 글라스 와인을 주문하고 말았다.

'연애는 부질없는 것'이라는 것이 우라베 사장의 지론이라 한다. 자신은 태어나서 한 번도 연애를 한 적이 없노라 말씀하신 모양이다. 한 번 이혼한 경험도 있는 주제에. 어이없는 것은 코이 쨩이 그 사상에 공감했다는 사실이다. 연애 감정 따위 없어도 쾌락은 얻을 수 있다는 점에서 의견일치를 본 두 사람은, 그것을 증명하기 위해 동침했다고 한다. 이따금, 무려 3년에 걸쳐서. 코이 쨩의 말에 의하면, 잠자리에서의 우라베 사장은 그 야말로 '본능이 시키는 대로'라고.

결혼은 코이 쨩이 결심하고 주장하여 설득한 끝에 얻어낸 약속이란다.

"어째서?"

거의 울 것 같은 목소리로 그렇게 물은 사람은 친구 야요이였던 것 같다.

코이 짱은 담담하게 대답했다.

"혼자보다는 둘인 게 나으니까. 나는 사장님을 무척 좋아하고, 어차피 부질없는 것을 견뎌내야 한다면 혼자보다는 둘이 견디는 게 낫지 않겠어?"

당연히 우리 테이블은 한층 떠들썩해졌다. 모두 저마다 반론을 제기했기 때문이다. 불행해질 거라는 둥, 공평하지 않다는 둥, 잘못되었다는 둥.

코이 짱은 그날 밤 처음으로, 정말 기쁘다는 듯이 말했다.

"실은 사장님도 날 좋아한다고 생각해."

기뻐하는 듯한 그리고 확신에 찬 작은 목소리로.

실제로 그 사장의 어디가 좋다는 건지, 나로서는 도무지 이해가 되지 않는다. 시종 싱글벙글 웃고는 있지만 풍모가 야쿠자 같고 파티가 열리는 동안에도 코이 짱에게 전혀 살갑게 대하지 않았다.

바람이 강하다. 정박하고 있는 작은 요트들이 일제히 흔들리면서 찌링찌링 종소리 비슷한 소리를 내고 있다. 저건 무슨 소리일까?

"축하해!"

기념촬영 후, 하객 틈에서 간신히 빠져 나온 코이 짱에게 말하고, 우리는 한 사람씩 그녀를 끌어안았다. 코이 짱의 손가락에는 기묘한 디자인의 결혼반지가 끼워져 있다. 울퉁불퉁한 은반지로, 위에 큼직한 애미시스트가 박혀 있다.

"이 카메라로도 찍자."

야요이가 자그마한 핸드백에서 역시 작고 아담한 카메라를 꺼냈다.

"실례합니다."

사진기를 받아든 나는 조금 떨어진 장소에 오도카니 서 있던 여자에게 말을 걸었다. 회색 슈트를 입은, 너무도 고독해 보이는 중년 여성이다.

"저희들끼리만 좀 찍어주실래요?"

여자는 흔쾌히 사진을 찍어주었다. 여자에게 다가서자, 좋은 향수 냄새가 났다.

이제 조금 있으면…… 나는 손목시계를 본다. 조금 있으면 히로유키가 데리러 오기로 되어 있다. 그의 차가 보이면 달려가야지. 히로유키는 틀림없이 조수석 창을 열어주겠지? 그러면 우선 아까 받은 아몬드에 설탕 옷을 입힌 사탕 ― '드라제' 라고 부른 다―을 던져 넣고, 그 드라제보다 달콤한 키스를 하자. 가볍게, 그러면서도 확실하고 열렬한 사랑을 담아. 차창 너머로.

그리고 다시, 우리 이야기

가 쿠 다 미 쓰 요

연애라는 것이 상대를 알고 싶고, 긍정하고 싶고, 받아들이고 싶고,
온갖 감정을 함께 맛보고 싶고, 될 수만 있다면 줄곧 같이 있고 싶어 하는 것이라면,
우리 셋이 공유하고 있는 어떤 기분이야말로 연애에 가깝지 않을까 하고.

가쿠다 미쓰요

가나가와 현 출생. 와세다대학 제1문학부 졸업. 1990년 『행복한 유희』로 제9회 가이엔 신인 문학상을 수상하면서 데뷔. 그 밖의 저서로 『조는 밤의 UFO』(제18회 노마 문예 신인상), 『나는 너의 오빠』(제13회 쓰보타 조지 문학상), 『키드 냅 투어』(제46회 산케이 아동출판 문화상, 후지TV상, 제22회 로보우노이시 문학상), 『공중정원』(2003년 부인공론 문예상), 『강 건너(對岸)의 그녀』(제132회 나오키상), 『도쿄 게스트하우스』, 『납치여행』, 『내일은 멀리 갈 거야』 등이 있다.

우리 이야기

친구 이야기를 하려고 한다. 정확히 말하면 친구의 연애 이야기를.

한 사람은 '유리에' 또 한 사람은 '와카코'. 나와 그녀들은 고등학교 때부터 친구다.

열여섯 살 무렵, 고등학교에 갓 올라온 나는 온통 낯선 얼굴들속에서 어색한 기분으로 교실에 앉아 있었다. 그때 내 옆자리에 앉은 애가 '카시와기 유리에'였고, 카시와기 유리에 앞에 앉은 애가 '사토 와카코'였다.

우리는 저마다 긴장한 얼굴로 출신 중학교를 말하고, 살고 있는 동네를 말하고, 중학교 시절의 동아리 활동에 대해 말했다. 그리하여 담임 선생님이 교단에 설 무렵에는 서로 완전히 마음을 트게 되었다.

우리는 셋 다 동아리에 들지 않고, 방과 후면 늘 시내로 몰려가 케이크와 그레이프, 인절미, 파르페, 도넛 따위의 단것을 즐기며 연애에 대해 열심히 이야기했다.

그렇더라도, 우리 가운데 연애 경험자는 없었다. 따라서 우리가 연애를 이야기한다는 것은, 생전 가본 적도 없는 이국 마을에 대해 황홀한 말을 주고받는 것이나 다름없었다. 그 마을은 골목 구석구석까지 밝은 햇살이 비추고, 길에는 휴지 조각 하나 떨어져 있지 않으며, 산책 나온 개도 용변을 보지 않고, 이르는 곳마다 달콤한 과자 냄새가 그득하다.

우리 세 사람은 그 무렵부터 공평하게 스무 번씩 해를 거듭했다. 그리고 각자 그 20년 동안, 결코 우편엽서의 마을 풍경 같지 않은 사랑을 몇 가지 체험했다.

나는 현재 사귀는 사람이 없지만, 유리에와 와카코는 모두 애인이 있다. 와카코의 애인에게는 아내와 열 살짜리 아이가 있고, 유리에의 애인에게는 아내와 두 아이(다섯 살, 두 살)가 있다. 두 친구 모두 가정 있는 남자를 사귀고 있는 것이다. 이 일을 이야기하자면 우선, 시시한 듯 보이는 우리들의 연애 사건으로 거슬러 올라가야 한다.

와카코 이야기

와카코는 일반적인 의미에서 예쁜 여자다. 일찍이 고등학교 교실에서 와카코를 처음 보았을 때부터 '어쩜 저리 예쁠까.' 라고 나는 생각했다. 직감적으로 이런 아이와 친구가 되고 싶다는 생각이 들었기에, 긴장하면서도 격의 없이 말을 걸었던 기억이 난다.

그러나 고등학교 시절 와카코는 전혀 인기가 없었다. 예쁜 데다 마음씨까지 착한데도 인기와는 거리가 멀었다. 남자들이 편지를 건네거나 소개를 부탁하는 쪽은 늘 유리에였다. 내 입으로 이런 말 하기 뭣하지만, 와카코보다는 내가 더 인기가 있을 정도였다. 인기 순으로 말하자면 유리에, 나, 와카코였다. 그 점은 고등학교 3년뿐 아니라 대학 4년 동안에도 변함이 없었다.

한편, 유리에는 인기는 있었어도, 정작 유리에가 좋아하는 남자는 유리에한테 관심이 없었다. 유리에는 독특한 남자들만 좋아했다. 천문 동아리의 천문광이라든지, 과학 동아리의 과학광이라든지. 대학에 진학한 이후에도 마찬가지였다. 넓은 캠퍼스에서 굳이 그런 인물을 찾아내지 않아도 좋으련만, 애니메이션 연구 모임의 성우 지망생이라든지, 철도 서클의 전철 마니아라든지, 여하튼 기묘한 인간들만 좋아했다. 그리고 그런 녀석들은 어김없이, 별이니 과학이니 2차원이니 전철 따위를 인간 이상으로 좋아했다.

나는 그다지 인기는 없었지만(와카코보다는 낫다), 좋아하는 남자 스타일은 지극히 평범했다. 중위권 성적에, 운동도 그럭저럭하고, 남녀 통틀어 친구가 많은, 어디까지나 평범한 남자가 좋았다. 그래서 나는 고등학교 2학년 때 연인이 생겼다. 반년쯤 사귀다 헤어지고 말았지만, 그래도 세 사람 중에서는 가장 빨리 연애 경험자가 되었다.

우리 세 사람은 모이기만 하면, '하야시다가 멋있다, 기왕 사귈 거면 자상한 테라우치가 낫다, 하지만 결혼 상대로는 시노다 같은 애가 좋다'라는 따위의 이야기를 나누었다. 내가 보기에 유리에의 취향은 변태 취향으로밖에 생각되지 않았고, 유리에는 유리에대로 평범한 취향의 나를 겁쟁이라 부르곤 했다. 그러나 사실 취향이 가장 난해한 사람은 와카코였다.

와카코에게도 바라는 남자상 즉 이상형이 있었으며, 그것은 고등학교 3년을 보내는 동안 열렬한 짝사랑으로 발전하게 된다. 상대는 중년의 교사. 수학을 가르치는 마스다 선생님(52세, 정수리 부분이 벗겨지고 살집이 단단함)이나, 체육을 담당하는 노모토 선생님(45세, 키가 작은 근육질)이 멋지다고 말하던 와카코는, 결국 고문(古文)을 가르치는 신도 선생님(43세, 결식아동처럼 비쩍 마르고 배만 튀어나옴)이 가장 이상적인 타입이라며 그에게 처녀를 바치고 싶다고 거리낌 없이 공언했다.

와카코의 그 말을 들었을 때 '아, 이런 아이도 다 있구나.' 라고 내심 생각했다. 정말로 좋아하는 사람은 축구부나 농구부 주장 같이 일반적으로 멋있다고 생각하는 남학생이지만, 평범한 여고생으로 보이는 게 싫어서 일부러 유별난 발언을 하여 주위를 놀라게 하는, 사춘기 특유의 튀어 보이고 싶어 하는 아이, 와카코는 그런 아이일 것이라고 생각했다. 다시 말해, 열여섯 살의 예쁜 여자아이가 머리 벗겨진 중년 남자를 설마 진심으로 사랑하리라고는 도저히 생각할 수 없었다.

와카코의 이상은 마침내 진짜 짝사랑으로 바뀌고, 와카코는 고문 선생님에게 마음을 쏟기 시작했다. 틈만 나면 신도 선생님

곁을 맴돌며, 그를 위해 도시락을 만들거나 스웨터를 짜고, 그리하여 언젠가 우리에게 했던 공언을 열아홉 살이 되어 실행에 옮겼다. 요컨대 결식아동처럼 비쩍 마르고 배만 나온 모교의 중년 교사와 첫 섹스를 한 것이다.

고등학교 졸업 후, 도쿄 내의 여자대학에 진학한 와카코는 하치오지에 거주하는 신도 선생님과 교제를 시작, 2년쯤 계속하였다. 신도 선생님에게는 물론 가정이 있었다.

"있잖아, 오늘 밤 료랑 밥 먹을 건데 다들 안 올래?"

와카코는 순진무구하게, 또한 거칠 것 없이 우리에게 말하곤 했다.

"너희 다 료를 알고, 료도 모두 보고 싶어 할 거야. 게다가 료가 한턱 낼 것 같으니까, 같이 가자!"라고.

료란 물론, 이미 마흔여섯 살이 된 신도 료헤이 선생님을 말한다. 그러나 이 세상 어느 누가, 친구와 애인 사이인 가정 있는 모교 선생님과 식사를 같이 하고 싶겠는가. 나와 유리에는 그때마다 어색하기 짝이 없는 미소로 거절하고, 와카코는 섭섭한 듯 입술을 빼물었다.

"그래? 아쉽네. 나, 애인 생기면 다 같이 트리플 데이트를 하는 것이 꿈이었는데."라는 말과 함께.

와카코의 연애는 무척 요란한 종말을 맞이했다. 아마도 와카코의 진지함에 겁이 난 신도 선생님이 먼저 헤어지자는 말을 꺼낸 것일 테지만, 와카코는 반쯤 정신이 나가, 자신은 고등학교 1학년 때 신도 선생님의 꼬임에 빠져 이후 2년 동안 헛되이 관계를 강요당하고 노리개가 되었노라고, 거짓과 진실을 섞어 장황하게 작성한 문서를 모교에 팩스로 보냈다. 신도 선생님은 그것을 망상에 빠진 전 제자의 장난이라며 교장 이하 교사들을 설득했고, 모두 설득당해 일단락된 것으로 보였다. 그런데 어느 틈에 새어나갔는지 신도 선생님의 악행에 관한 소문이 학생들 사이에 순식간에 퍼지고, 결국 신도 선생님은 우리의 모교를 떠났다. 어디로 갔는지는 아무도 모른다.

"연애니 사랑이니, 그게 대체 뭘까?"

나의 싸구려 하숙집에서 와카코는 한숨을 내쉬었다.

"나, 료의 가정을 망칠 생각도 없었고, 료에게 뭘 바라는 마음도 없었어. 그런데도 료는 뭐가 두려워서 나랑 헤어지고 싶어 했을까."

작은 소리로 중얼거리며 고개 숙인 채 숨을 토하는 와카코는, 나와 유리에가 알지 못하는 낯선 여자처럼 보였다. 우리가 알고 있는 와카코는 학교에 괴팩스 따위는 보내지 않는다. 그날 밤

나는 곰곰이 생각해보았다.

'연애란 어쩌면 우리를 탈피시켜, 우리 자신도 알지 못하는 자신을 드러내는 것이 아닐까?' 라고.

와카코가 신도 선생님을 완벽하게 잊어버릴 수 있었던 것은 다음 사랑을 했기 때문이다. 와카코의 다음 사랑이 시작된 것은 취직 1년차, 우리가 스물두 살 때였다.

식품회사에 취직한 와카코는 스무 살 연상의 상사와 교제를 시작했다. 물론 상사에게는 아내와 자식이 있었다.

1년 동안은 와카코도 무척 들떠 있었으나, 교제가 2년째에 돌입하자 우는 소리며 푸념이 늘기 시작했다. 셋이 모이면 그 자리는 어느새 와카코의 괴로운 교제 보고회가 되었다.

휴일에 못 만난다, 크리스마스도 설 명절도 없다, 여행도 못 간다, 만나고 싶을 때 맘 편히 만나지 못한다, 내 쪽에서 연락하지 못한다 등등. 와카코가 처자식 딸린 남자와 교제할 때 따르는 당연한 불편을 늘어놓으면, 나와 유리에는 듣다못해 진저리를 쳤다. 그러다 보면 와카코의 보고회는 점차 우리의 설교회가 되었다.

세 사람 중 누군가의 아파트에서 동이 틀 무렵까지, 나와 유리에는 와카코에게 바람직한 연애란 무엇인가를 설교했다. 처자식 딸린 남자와의 연애가 얼마나 부질없는 짓인지, 가정은 망치고 싶지 않으면서 젊은 여자에게 손을 뻗치는 남자가 얼마나 비겁한 인간인지, 정말로 그 남자가 좋다면 그의 가정도 포함하여 좋아하라든지, 크리스마스도 여행도 일체 포기하라든지.

대학을 졸업한 나는 클래스 메이트 대부분이 그러하듯 취직을 못 하고 단기 아르바이트를 거듭하며 생활했다. 내게는 프리터 생활(정규직이 아닌 아르바이트 생활_옮긴이)을 하는 동갑내기 애인이 있었다. 그도 나도 한심하리만치 가난했으나, 당연히 그에게는 아내도 자식도 없었을 뿐더러 나 이외의 여자와 남몰래 사귀는 짓은 하지 않았다.

유리에한테는 한 살 연하의 애인이 있었고 나와 마찬가지로 가난한 커플인 데다 — 애인은 역사소설 마니아 — 역시 대등한 연애였기에, 우리한테는 아무래도 부적절한 교제를 하는 와카코의 마음이 쉽게 와 닿지 않았다.

사정하다시피 조르는 와카코의 순진무구한 열의에 굴복당하여, 트리플 데이트를 한 적이 있었다. 데이트라 해도 술을 마시는 정도였으나, 여하튼 나는 동갑내기 프리터와, 유리에는 역사 마니아 대학생과, 와카코의 애인이자 식품회사 총무부 과장이 예약해 놓은 가게로 향했다. 그곳은 우리 중 누구도 구경 한번 못 해봤을 듯한 요정이었다. 그리고 여섯 명이 모인 객실은 아무리 봐도, 취직 설명회에 나온 학생과 중역 혹은 대학 세미나에 참석한 학생과 교수 혹은 생신 축하 자리에 모인 자식들과 아버지 혹은 원조교제 자리에 나온 불량 청소년들과 아저씨처럼 부자연스럽기 그지없었다.

나와 유리에는 거북한 심정으로 술을 마셨다. 우리의 젊은 연인들은 생전 처음 맛보는 요리에 신이 나서 와작와작 다 먹어치웠다. 과장은 자리가 불편한 듯했지만 어른의 미소를 지으며 우리를 대했다.

와카코는 기쁜 모양이었다. 정말로 좋아하는 눈치였다. 이토록 좋아할 줄 알았으면 신도 선생님 때도 한번 나가줄 걸 그랬다고, 거북한 가운데 나는 생각했다.

자리를 옮겨 2차 모임을 갖자고 말을 꺼낸 사람은 당연히 와카코이며, 우리는 과장을 따라 오모테산도 뒷골목에 있는 술집으로 갔다. 가게 안은 무척 어두워서, 여섯 명이 둥근 테이블에 둘러앉자 맞은편에 앉은 사람의 표정이 잘 보이지 않았다.

"와카코는 우리의 별이죠."

바에서 니혼슈를 마시던 유리에가 불쑥 말을 꺼냈다. 과장에게 하는 말이었다.

"와카코는 고등학교 때부터 워낙 예뻐서, 다 같이 하라주쿠 같은 거리에 나서면 유독 와카코만 스카우트 당하거나 카메라에 잡히기 일쑤였거든요. 한번은 영매거진인가 선데이인가 잊었지만, 표지에 사진이 실린 적도 있어요. 우리야 관심조차 끌지 못하고 조명판만 들고 서 있었지만. 그런데도 와카코는 전혀 잘난 척 하는 법이 없어요. 상냥하고, 겸손하고, 같이 어디 가서 뭘 먹을 때도 다른 사람이 다 주문을 마치길 기다렸다가 그제야 입을 여는 아이죠."

요릿집에서 대체 얼마나 마셨는지 유리에의 혀가 잘 돌지 않았다. 하지만 어쩐지 농으로 돌릴 수 없어서, 나는 잠자코 유리에의 목소리를 듣고 있었다.

"나나 이 친구나 대학을 나오고도 하는 일 없이 빈둥빈둥 놀고 있는데, 와카코는 번듯한 회사에 떡 하니 취직하고. 그래서 와카코가 첫 월급으로 우리한테 장어를 사주었죠. 희망의 별이라고요, 와카코는."

어두운 가운데 자세히 보니, 유리에는 놀랍게도 눈물을 흘리고 있었다. 나는 놀란 기색을 감추고 모르는 척 달콤한 칵테일을 마셨다. 과장은 아무 말 없이 생글거리며 고개를 끄덕이고 있었다. 유리에가 입을 다물자, 다음을 재촉하듯이 고개를 갸웃하고 부드럽게 어른스러운 미소를 보였다.

"당신한테는 아깝다는 소리인 줄 모르겠냐고요."

유리에는 나지막이 중얼거리고 혼자 돌아가버렸다. 한 살 연하의 연인이 뒤쫓아 나가고, 와카코는 너무하다며 울기 시작했다. 지독한 트리플 데이트였다.

'희망의 별' 사건 이후, 와카코와 유리에는 다투고 나서 서로 말도 하지 않았다. 셋이서 만나는 일도 부쩍 줄어들었다. 유리에가 한 말이 영향을 미쳤는지는 몰라도, 그후 1년쯤 지나 와카코와 과장은 헤어지고 말았다. 과장이 아직 식품회사에 다닌다는 것으로 보아, 와카코가 이번에는 괴팩스를 보내지 않은 모양이다.

몇 년 후, 와카코에게 새로운 연인이 생기게 되는데, 그 전에 유리에에 대해서도 할 이야기가 있다.

유리에 이야기

유리에가, 자신의 연애사가 아니라 와카코의 연애사만 화제로 삼게 된 것은 언제부터일까.

애인인 역사 마니아가 학생일 때만 해도, 나나 와카코가 그러하듯 유리에 역시 자신의 얘기를 하느라 바빴다.

"있지 있지, 사카모토 료마(1835~1867, 일본의 근대화를 이끈 무사로, 일본에서 가장 존경하는 지도자로 손꼽히는 인물_옮긴이)랑 나랑 어느 쪽이 좋냐고 물었더니, 내가 아주 조금 더 낫다는 거야. 내가 사카모토 료마를 이겼어."라고 자랑 같지도 않은 자랑을 하면서.

그러나 유리에의 경우, 그때까지 사귀던 애인들로부터 쭉 "너보다는 큰곰자리가, 너보다는 노선 차량이, 너보다는 ㅇㅇ게임의 ㅇㅇ(게임 캐릭터) 목소리를 내는 ㅇㅇㅇ(성우 이름)가 아주 조금 더 매력적이야."라는 소리를 들어왔던 터라, 료마를 제쳤다는 그녀의 쩨쩨한 자랑을 나와 와카코는 까무러치게 부러워하는 척하였다.

그러던 유리에가 와카코의 이야기만 입에 올리게 된 것은 어쩌면 그 트리플 데이트 이후부터인지도 모른다. 그후 와카코는 정말로 화를 내며 유리에에게 절교 선언을 했다.

"날 생각해주는 마음은 알아. 그렇다고 마아(과장)에게 그런 말을 하다니 너무해. 네가 잘못한 거야."라고 와카코는 여러 차례 말했다. 절교당한 유리에는 다소 기운이 없어 보였다.

그녀들의 절교로 인해 그 무렵은 셋이서 모이질 못하고, '나와 유리에', '나와 와카코'라는 편성밖에 없었다. '희망의 별' 사건 이후 반년쯤 지나 나는 프리터 애인에게 채였고, 유리에의 애인은 대학을 졸업한 후 역사책을 주로 다루는 작은 출판사에 취직했다.

절교 기간 동안 와카코는 유리에의 '유' 자도 입에 올리지 않았지만, 유리에는 나를 만날 때마다 항상 와카코에 대해 이야기했다.

"고문인 신도 때도 생각한 건데, 그런 대머리에 배불뚝이 중년 남자의 어디가 좋다는 거지? 와카코, 평범한 아가씨 같아 보여도 실은 파더 콤플렉스였던 것 아냐?"라고 서슬이 퍼래서 말하거나, "그런 남자를 상대로 와카코가 마음고생하고 눈물짓다니 그냥 두고 볼 수 없어, 도저히. 어떻게 안 되는 걸까?"라며 깊이 생각에 잠기기도 하고, "그래도 와카코가 정말로 좋다고 하면 인정해주어야 하나? 과장에게 결례한 것을 사과해야 하나?"라고 숙연하게 중얼거리기도 했다.

그렇듯 유리에가 매번 만날 때마다 와카코 문제를 들어 이러쿵저러쿵 말하는 통에 나는 정작 와카코 본인과 이야기할 때보다 유리에와 이야기할 때 훨씬 더 와카코의 존재를 실감할 정도였다.

"그건 그렇고 유리에 너는 어떤데?"

어느 날 내가 물었다. 유리에의 아파트에서 둘이 술을 마시던 중이었다.

"아, 진작에 헤어졌어."

유리에는 별일 아니라는 듯이 대답하고 또 다시 와카코 문제를 진지하게 이야기하기 시작했다.

"그보다 와카코 말이야. 나는 와카코가 부인이나 자식이 딸리지 않은 젊은 남자랑 한 번이라도 제대로 된 연애를 해봤으면 싶은데……."

"잠깐, 와카코는 됐고. 너는 어쩌다 헤어졌는데?"

내가 물었다.

놀랍게도 출판사에 취직한 역사 마니아는 같이 일하는 아르바이트생과 관계를 맺고, 양다리를 걸친 끝에 유리에를 버렸다는 것이다.

"어떻게 그런 일이!"

나는 술이 가득 든 컵을 테이블에 내리치며 고함쳤다.

"역사 마니아 주제에 뭐 잘났다고 바람까지 피우고. 학교 다닐 때만 해도 촌스럽기 짝이 없던 인간이."

"역사 마니아 주제라지만 역사 마니아도 인간인걸. 바람 정도
야 피울 수 있고……. 아무래도 나이 어린 여자애 쪽이 좋지 않
겠어?"

유리에는 너그럽게 말하고, 테이블에 흘러넘친 술을 닦았다.

"너, 와카코 일에는 그토록 연연하면서 정작 자기 일에는 어
쩜 그리 태연한 거야!"

유리에가 살고 있던, 부엌과 다다미방 한 칸짜리의 작은 아파
트에서 나는 떼를 쓰듯 말했다. 역사 마니아가 아직 학생이던
무렵, 그는 정말 돈이 없어서 유리에가 수차례 술도 사주고 자신
의 아파트로 불러 밥도 먹이고 했던 일을 나는 알고 있었다. 대
학 4학년이 되었어도, 취직 자리가 정해졌어도, 여전히 취업 재
수생 같았던 역사 마니아에게, 그러다간 회사에서 웃음거리가
될지도 모른다며 누나 같은 소리를 하며 백화점에 데려가 옷을
사준 사람도 유리에였고, 취직한 그가 학생 때보다 다소 촌티가
벗겨진 것도 유리에 덕분이었다.

방에 놓인 나지막한 밥상 맞은편에 앉은 유리에에게 내가 말
했다.

"황무지를 맨손으로 고르고, 갈고, 흙을 개량하고, 씨를 마련

하여 심고, 일광에 신경 쓰고, 물을 뿌리고, 냄새 나는 비료를 반죽하여 뿌리고, 그렇게 해서 간신히 결실을 본 작물을 도둑여우에게 빼앗긴 꼴이잖아!"

나의 비유를 듣더니, 유리에는 방바닥을 구르며 폭소를 터뜨렸다.

"웃을 상황이 아니잖아. 너야말로 와카코에 대해 뭐라 말할 수 없는 입장 아냐?"

그렇게 말하며 나무라자, 유리에는 웃음을 딱 멈추고 밥상 앞으로 다가앉으며 강하게 주장했다.

"내 일은 내 책임이기도 해. 하지만 와카코의 경우는 사고인 줄 모르고 말려든 것이나 다름없어. 그러니까 우리가 어떻게든 해줘야 하는 거야."

창문을 열어둔 채였으니 아마 여름날이었을 것이다. 창 너머에 짙은 어둠이 깔려 있었다. 우리는 볕에 그을린 다다미 위에 마주 앉아, 친구의 어찌할 도리 없는 연애를 생각하며 긴 한숨을 교대로 내쉬었다.

결국 그녀들의 관계는 예의 과장과 와카코가 헤어지면서 화해랄 것도 없이 자연스럽게 원상회복되었다.

스물다섯 살이던 그 1년, 우리 세 사람에게는 연인이 없었다.

우리는 이전보다 더 자주 만났다. 누군가의 아파트에서, 선술집에서, 휴가를 맞춰 놀러간 온천 여관에서.

나는 가끔 우리가 여전히 여고생인 듯한 착각에 빠졌다. 남자와 자는 것도 남자에게 거절당하는 것도 모르는, 비에 젖으면 안 좋은 냄새가 배어 나오는 교복으로 몸을 감싸고 방과 후에 먹으러 갈 단것만을 하루 종일 생각할 수 있는 오만한 어린 여자아이인 듯한……. 와카코와 유리에와 함께라면 앞으로 쭉 연인 따위 생기지 않아도 좋다고, 졸업을 두려워하는 고등학생인 양 나는 생각했다.

이렇듯 연애에 방해받지 않는 세 사람의 평화로운 나날은 와카코의 연애에 의해 종말을 맞는다.

스물여섯 살이 된 와카코에게 세 번째 연인이 생겼다. 와카코의 회사에 출입하게 된, 컴퓨터 관련 일을 하는 사람이었다. 그의 나이가 스물아홉으로 연령대가 상당히 낮아졌기에, 와카코의 처음 맞는 산뜻한 연애를 나와 유리에는 손을 맞잡고 기뻐했다. 그러나 이 남자한테도 부인이 있었다. 아이가 없는 것이 불행 중 다행이라고, 나와 유리에는 마지못해 납득하려 했으나, 와카코와 교제를 시작한 지 몇 개월 지나지 않아 그의 가정에 아이가 생겼다. 당연히, 그런 일은 그에 대한 와카코의 연정을 식히지는 못했다.

　와카코도 이번에는 가정을 가진 남자와의 제약 있는 교제를 이전처럼 푸념하지 않았다. 최근 몇 년 사이에 배양된 듯 싶은 애인의 길을, 올바로 걷기 시작한 것처럼 보였다.

　오히려 푸념을 시작한 쪽은 유리에였다. 유리에는 와카코의 연애가, 도무지 도무지 도무지 마음에 들지 않았다.

　유리에 왈,

　"가정 있는 남자와 만나서 상처 입는 쪽은 항상 여자야. 와카코가 상처 입는 것을 두고 볼 수 없어.", "친구가 쉬운 여자로 폄해지는 것을 두고 볼 수 없어.", "앞으로 10년이 지나면 우리는 그저 그런 아줌마로 변할 테고, 와카코의 애인도 와카코를 버리고 어린 여자에게 달려갈 게 뻔해. 되돌리려면 바로 지금인데 그냥 두고 볼 수 없어.", "와카코 본인이야 행복하니까 괜찮다지만 바람 피는 남자의 자식 역시 불행한 거잖아. 절대로 두고 볼 수 없어."

　유리에의 말은 전부 옳아서, 그녀가 열 올리며 하는 말에 나도 와카코도 대꾸할 말이 없었다. 그러나 역시 연애란 정론과 양립할 수 없는 성질인 듯, 그래서 헤어진다는 것은 와카코로서는 불가능해 보였다.

한편, 아줌마가 되면 버려질 거라는 유리에의 예언은 들어맞지 않았고, 서른 살이 되어도, 서른세 살이 되어도, 와카코는 가정 있는 컴퓨터 남자와 이별 없이 교제했다. 와카코는 이미 트리플 데이트니 하는 말은 입에 올리지 않게 되었고, 3년에 한 번은 컴퓨터 남자와 근교로 1박 여행도 가는 눈치였다. 두 사람의 교제가 8년이 넘자, 나로서는 와카코가 그 남자와 함께 있는 것이 지극히 일상적인 일처럼 여겨졌다. 아내가 있다든지 아이가 있다든지 하는 문제와 상관없이 두 사람을 한 세트로 묶어 생각하게 된 것이다.

"있잖아, 나…… 결심했어."

어느 날 우리 아파트에 놀러 온 유리에가 그렇게 단언했다.

"나는 아무래도 와카코의 마음을 이해 못하겠어. 그렇다고 좋은 게 좋은 거라고 마냥 내버려두지도 못하겠고. 그래서 말인데 나, 결심했어."

진지한 얼굴로 나를 응시하며 유리에는 말했다.

"뭘 결심했는데?"

나는 유리에에게 먹일 야채를 볶으면서 느긋하게 물었다. 유리에는 프라이팬을 흔드는 내 등 뒤에 서서 희한한 말을 했다.

"나, 처자식 딸린 남자와 사귀어볼래. 그러기로 했어."

"헤에?"

의미를 이해 못한 나는 얼빠진 소리를 냈다.

"그렇게 하면 나도 와카코의 마음을 제대로 알 수 있을 것 같아. 유부남을 사귀어서 좋은 점이 분명히 있을 거야. 그 '좋은 점' 을 알게 되면 와카코를 이해할 수 있겠지. 와카코의 연애에 대해 이러쿵저러쿵 보채지 않게 될 거야."

지극히 진지한 얼굴로 유리에는 말했다.

농담으로 받아들인 나는 대충 얼버무리고자 물었다.

"처자식 딸린 남자를 어디에서 찾으려고? 지금 네가 아르바이트하는 곳은 온통 여자뿐이잖아."

유리에도 나도, 서른세 살이 되도록 아직 정규직을 얻지 못했다. 유리에는 통신판매의 전화 주문을 받고, 나는 작은 광고 대리점에서 잡용직을 맡고 있었다. 줄곧 한 식품회사에서 근무하는 와카코는 이미 주임이라는 직함까지 얻었다. 무슨 주임인지, 주임은 무슨 일을 하는 사람인지, 취직 경험이 없는 우리로서야 제대로 알 수 없었지만 아마도 높은 사람이겠거니 짐작했다.

"컴퓨터로 찾을 거야."

유리에는 웃지 않고 말했다.

"유부남만을 소개하는 미팅 사이트에서 한 사람 한 사람 만나보고 누구든 골라서 연애할 거야."

"오호! 유리에 너, 생각 한번 대단하구나."

"왜냐면 나는 결혼 생각도 없고, 유부남이라서 곤란한 일도 없을 테니까."

나는 적당히 맞장구를 치고, 야채 볶음을 그릇에 옮겨 담았다.

"네가 이상한 얘기만 하니까 너무 볶여서 싱거워졌잖아."

우리는 야채 볶음 접시를 한가운데 놓고 마주 앉아, 그것을 집어먹으면서 소주를 마셨다. 유리에는 더 이상 그 이야기도 와카코 이야기도 꺼내는 일 없이, 여느 때처럼 시시껄렁한 잡담을 계속하며 싱거운 야채 볶음을 먹었다.

그러나 유리에의 희한한 선언이 진심이었음을, 그로부터 석달 후, 서른세 살의 겨울 어느 날 나는 알게 되었다.

우리는 와카코의 아파트에서 고타츠(일본식 난방기구_옮긴이)에 들어앉아 니혼슈를 마시면서 백숙을 만들어 먹던 중이었다. 방 두 개에 거실과 부엌이 딸린 와카코의 아파트는 우리 세 사람의 집 가운데 가장 넓었다. 5층 건물의 맨 위층으로, 맑은 날은 서쪽 창으로 후지 산이 보였다. 어쨌든 주임인 것이다.

"겨울은 역시 냄비 요리가 최고지? 이 닭고기 아키타에서 온 거야."

"음, 과연 맛있어. 역시 주임이 좋긴 좋구나."

그런 이야기를 하고 있는데, 유리에 혼자 심각한 표정으로 땅이 꺼져라 연신 한숨을 내쉬었다.

"뭐야, 짜증나게."

김이 오르는 맞은편에서 시선을 떨구고 있는 유리에에게 내가 말했다.

"혹시 또 일자리 옮기려고?"

와카코는 엄마처럼 부드럽게 말하며 유리에를 쳐다보았다.

"그게 아냐. 지금 하는 연애가 너무 힘들어서."

그렇게 말하고 유리에는 또다시 땅이 꺼져라 긴 한숨을 내쉬었다.

"어? 유리에 애인 생겼어? 언제? 말 안 했잖아."

와카코가 말하고 나자 나는 불현듯 좋지 않은 예감이 들었다.

"말할 수 있을 만한 연애가 아니니까."

유리에는 말을 잇더니 다시 한숨.

"너 혹시……."

"너희니까 하는 말인데."

입을 연 나를 가로막으며, 유리에는 어두운 표정으로 냄비에서 닭고기를 건져 우물우물 씹으면서 이야기를 꺼냈다.

"나 있지, 애인이 안 생겨서 인터넷 만남 사이트에서 선을 봤어. 그렇게 메일을 주고받다가 마음이 아주 잘 통하는 사람이 있어서 만나게 됐고. 어차피 별 볼일 없는 사람일 거라 생각했는데, 알고 보니 딱 내 타입인 거야."

"철도라든지 배전함 같은 거 좋아하는 사람?"

와카코가 냄비에 야채를 넣으면서 물었다.

"아냐, 나는 특별히 오타쿠를 좋아하진 않아."

"그럼 근육질?"

내가 물었다.

"응, 그냥 근육질. 몸이 탄탄하고, 키 크고, 프로레슬링에 무척 밝고."

"흐음, 역시 오타쿠 취향이잖아. 어쩐지 안심이 되네."

와카코가 생글거리며 나를 봤다.

"그동안 메일을 주고받아서인지, 어쩐지 처음 만나는 느낌이 아니었어. 예전부터 친했던 것처럼 분위기가 무르익어서."

"그날 해버린 거야?"

나는 조심조심 물었다.

"당연하잖아, 우린 이미 성인인걸. 그리고 그런 궁합도 아주 좋았어."

"잘됐네, 유리에. 전에 잠깐 사귄 게임 오타쿠, 섹스 서툴다고 했잖아."

그렇게 말하는 와카코를 무시하고 유리에는 말을 계속했다.

"그러니까 완전히 고(Go) 사인 아니겠어? 오랜만에 완벽한 연애라고 생각해서 사귀기 시작했는데…… 그런데 그 사람, 우리 집에는 와도 자기 집에는 데려가지 않는 거야. 아무래도 이상하잖아? 그래서 집에 데려가 달라고 졸랐지. 그랬더니……."

'아, 진심이었구나.'

그때 나는 생각했다. 순간 현기증이 났다. 냄비에서 올라오는 수증기 때문은 아니었다.

"그 사람, 결혼해서 아이도 있다는 거야."

유리에는 말을 하더니 다시 긴 한숨을 내쉬었다. 와카코는 멍하니 유리에를 보고 있었다.

"나, 와카코를 줄곧 봐오면서 힘들어 보였을 뿐 아니라 가정이 있는 사람은 내 취향이 아니라고나 할까, 아예 처음부터 연애 대상에서 제외하고 그런 사람과는 절대로 연인 사이가 되지 않겠다고 생각했어. 그런데 이번 같은 경우는 말하자면 사고였다고 할까. 연애를 시작하고 나서 가정이 있단 말을 들었기 때문에…… 담배나 술도 아니고 그만두기가 어렵네."

거기까지 말한 유리에는 나와 와카코를 흘낏 보고, 닭고기를 다시 게걸스럽게 먹고 나서 말을 계속했다.

"일이 이렇게 되고 보니 나, 와카코가 했던 말을 비로소 이해하게 됐어."

"내가 무슨 말을 했는데?"

와카코가 작은 소리로 물었다.

"가정이 있는 사람을 좋아하게 된 게 아니라, 좋아하게 된 사람에게 마침 가정이 있었던 거라고. 이전에 과장이란 사람 사귈 때 분명히 말했어."

"내가 그런 진부한 말을 했어?"

"했어. 그런데 진짜 그래. 와카코에게 그만두라고 그만두라고 그렇게 말했으면서 내가 이렇게 돼버리다니."

유리에가 한숨을 쉬고 입을 다물자, 와카코의 방은 아주 고요해졌다. 우리들 사이로 하얀 수증기가 슉슉 올라오고, 생각났다는 듯이 와카코는 닭고기와 파를 냄비에 집어넣었다. 나도 무심코 폰소스를 내 접시에 덜었다. 맑은 날이면 후지 산이 비치는 서쪽 창은 어슴푸레한 밤을 비추며 수증기로 인해 절반쯤 뿌옇게 물들어 있었다.

"아, 말하고 나니까 후련하다. 지금까지 쭉 부정적인 말만 해서 미안해, 와카코. 너의 마음, 나도 이제 이해하게 됐어."

유리에는 말하고 생긋 웃었다.

"화장실 좀 다녀와야……."

와카코가 말하고 자리를 뜬 후 화장실 문이 닫히길 기다렸다가 나는 유리에에게 얼굴을 가까이 가져갔다.

"너, 지금 얘기 전부 거짓말이지? 처음부터 가정이 있는 줄 알고 접근한 거야. 일부러 그런 짓을 저지른 거야. 정말이었어. 정말로 그런 어리석은 짓을 저지른 거야."

유리에는 그런 내 말에는 대답하지 않고, 이렇게 말하는 것이었다.

"만남 사이트 의외로 괜찮더라. 너도 솔로 생활 몇 년째지? 주소 알려줄 테니까 들어가볼래? 물론 독신남 사이트도 있어."

화장실에서 나온 와카코는 냉장고에서 화이트 와인을 꺼내들고 오더니 말없이 우리에게 글라스를 나눠줬다. 와카코가 무슨 생각을 하고 있는지 알 수 없어, 유리에는 흘깃흘깃 기색을 살피고 있었다. 글라스에 와인을 채우고, 와카코는 유리에를 가만히 바라보며 말했다.

"유리에, 크리스마스는 함께 보내자. 설 명절도 같이 보내자. 골든 위크(4월 말부터 5월 초의 황금연휴_옮긴이) 때는 함께 여행 가

자. 세상의 모든 커플 행사를 여자 둘이서 즐기자!"

그리고 환하게 웃으며, 유리에의 글라스에 자신의 글라스를 부딪혔다. 너무 세게 부딪히는 바람에 와인이 조금 넘쳐 고타츠 이불에 얼룩이 졌다. 나는 와카코를 보았다. 와카코는 고등학생 같은 얼굴로 웃고 있었다. "오늘 돌아가는 길에는 인절미 세트로 할까, 그레이프로 할까? 아니면 케이크 뷔페에 갈까?" 라고 들떠 이야기하던 그 시절과 같은 얼굴로.

그리고 다시, 우리 이야기

아키타의 토종닭으로 백숙을 해 먹은 이후 3년이 흘렀다. 나와 유리에와 와카코는 믿기 어렵게도 현재 서른여섯 살이다. 고교 시절은 백미러에 비치는 풍경처럼 점점 멀어져간다. 그 무렵의 우리는 서른여섯 살이면 노인으로 알았다. 하지만 우리 세사람은 노인치고는 아직 쌩쌩하고 연애욕도 여전하다.

예상을 뒤엎고, 와카코는 그 컴퓨터 유부남과 아직 교제 중이다. 그의 아이가 열 살이 되었다니, 두 사람이 함께하는 시간은 그 아이가 성장하면서 가르쳐주는 셈이다.

그리고 놀랍게도 백숙을 먹던 날 밤에 고백받은 유리에의 연애, 뭔가 책략적인 냄새가 나던 그 희한한 연애도 아직 계속되고 있다. 당시 두 살이던 그의 아이는 유치원생이 되었고, 새로 태어난 둘째 아이가 벌써 두 살이 되어간다고 한다.

지난 3년 동안 내게도 두 번 정도 연애 기회가 있었다. 한 번은 영화사에 근무하던 두 살 연상의 남자. 물론 독신이었다. 8개월 정도 사귀었으나, 경제 관념이 너무 맞지 않아(그는 저축이 취미인 짠돌이였다) 헤어졌다. 그후 다섯 살 연하의 자칭 디자이너와 교제했으나 반년도 지나지 않아, 너와는 생활관이 맞지 않는다는 묘한 말과 함께 차이고 말았다. 두 번 모두 신통찮은 연애이긴 했다.

내가 연애를 하든 안 하든, 유리에와 와카코는 애인 동맹(그렇게 싸잡아 말하는 것도 뭣하지만 편의상 그렇게 부른다)의 결속을 다지고, 그날 밤의 맹세대로 모든 행사를 둘이서 즐기고 있다. 골든 위크에는 조촐하게 여행을 하고, 연말에는 아파트에서 호화 요리를 만들고, 크리스마스에는 일부러 호텔을 잡아 케이크를 분수없이 먹곤 한다. 물론 나도 연애 상대가 없으면 그 회합에 참가한다.

여자들만의 마음 편한 회합은, 연애를 '시시하고 보잘것없고, 어쩐지 들러붙는 쇠파리' 처럼 느끼게 하는 때가 가끔 있었다.

그녀들과 밤거리를 활보하고, 정신없이 술에 취해 길바닥에 주저앉고, 잠옷을 빌려 함께 잠을 자고, 맛있는 것을 먹으러 다니고……. 그러고 있노라면 '한평생 애인 따위 없어도 좋지 않을까' 라는 생각이 들었다. 사귀는 사람이 있을 때도, 연인과 사소한 습관이며 가치관을 조정하면서 함께 있는 것보다 그녀들과 보내는 시간이 몇 배는 더 매력적으로 느껴졌다.

솔직히 말하면 나도 처자식 딸린 남자와 연애를 해보면 어떨까, 라는 생각을 안 한 것도 아니다. 그러면 나도 애인 동맹의 일원이 되는 것이다. 그러나 이내, 여자 셋이 모여 애인 생활을 하는 것도 우습다는 생각이 들면서 나만은 일대일 연애를 고집하자고 다부지게 마음을 고쳐먹는다.

금년 여름은 셋이 이즈에서 지내기로 했다. 사내 최초로 주임에서 여성 과장으로 승진한 와카코가 시모다에 리조트 맨션을 산 것이다. 여전히 아르바이트로 생활하고 있는 유리에와 나는 와카코의 여름휴가에 맞춰 일을 쉬고, 휴가 기간 내내 이즈의 시모다에서 먹고 자면서 지내기로 했다. 그렇다 해도 여기에는 역시 협정이 있어서, 만약 와카코의 연인이 갑자기 찾아오는 일이 생기면, 우리는 즉시 철수해야 한다. 언제 어느 때든 우리는 각자의 현재 연애를 우선시 하자고, 사전에 셋이서 정해놓았다.

앙미츠(우무에 단팥을 얹은 디저트 종류_옮긴이)며 도넛, 파르페 대신, 눈앞에 주류를 늘어놓고 우리는 지금도 연애에 대해 이야기한다. 이미 연애는, 휴지도 똥도 떨어져 있지 않은 눈부신 이국의 거리는 아니게 되었지만, 그래도 서른여섯 살의 여자들에게 여전히 그것은 멀고 손에 들어오지 않는 무언가임에는 변함이 없다.

그러나 나는 요즘 사소한 의문을 품기도 한다. 연애라는 것이 상대를 알고 싶고, 긍정하고 싶고, 받아들이고 싶고, 온갖 감정을 함께 맛보고 싶고, 될 수만 있다면 줄곧 같이 있고 싶어 하는 것이라면, 우리 셋이 공유하고 있는 어떤 기분이야말로 연애에 가깝지 않을까 하고.

물론 이런 말을 하면 두 친구는 기분 나쁜 소리 말라고 화를 낼 테지만, 우리한테서 성(性)을 배제하면 남는 것이 무엇일까. 처자식 딸린 컴퓨터 남자와 와카코가 공유하는 것, 처자식 딸린 프로레슬러 남자와 유리에가 공유하는 것, 그것들에 전혀 뒤질 것 없다고 나는 생각한다.

이대로 해를 거듭하여 앞으로 50년 후쯤, 연애가 무엇이었는지 모르겠다고 생각하며 돌아보았을 때 떠오르는 것이 있다면 그건, 사랑한 남자의 얼굴이 아니라, 쭉 함께한 유리에와 와카코 의 고교생 같은 얼굴이 아닐까, 라고 나는 멍하니 생각한다. 그 건 좀 무섭겠다는 생각에 쓴웃음이 나면서도 한편으론 꽤 행복 한 일이 아닐까, 라고 진지하게 생각해보기도 한다.

돌아올 수 없는 고양이

이 노 우 에   아 레 노

결정 난 일은 절대로 뒤집을 수 없는 걸까? 안즈는 문득, 아프도록, 그렇게 생각한다.
뒤집을 수 없다는, 그런 무서운 일이 과연 현실이 되는 걸까?

이노우에 아레노

도쿄 출생. 세이케이대학 문학부 졸업. 1989년 『나의 누레에프』로 제1회 페미나상 수상. 저서로 『이제 끝내요』, 『글라디올러스의 귀』, 『미지근한 사랑』, 역서로 『찾으러 바다로』, 『엘로이스 파리에 가다』, 『당신이 태어난 날』 등이 있다. 또한 망부의 모습을 묘사한 『지독한 느낌 아버지·이노우에 미츠하루』가 있다.

강 수면에 작은 원들이 뻐끔뻐끔 생겨나는가 싶더니, 지붕을 후두둑 때리는 소리가 나면서 빗발은 순식간에 거세졌다.

침실로 쓰고 있는 세 평짜리 방의 창문은 헐거워서 늘 비가 들이친다. 안즈는 덧문을 닫으러 갔다. 여닫기가 워낙 나쁜 데다, 점점 격렬해지는 비 때문에 마음이 급한 나머지 있는 힘껏 잡아당겼더니 그만 문이 빠져버렸다.

"후미유키!"

안즈는 아래층에 있는 남편을 불렀다.

"어—!"

대답하면서 올라온 후미유키가 빠진 덧문을 바로잡아 별 힘 안 들이고 닫았다. 밀어도 안 되면 잡아당기는 거라고 평소와 다름없는 말로 알려주면서 한마디 덧붙였다.

"이제 덧문 정도는 혼자 힘으로 닫을 수 있어야 하는데."

안즈는 생각했다. '아, 역시 결정 난 일이구나.'

"일은 끝난 거야?"

후미유키가 묻자,

"아직."

안즈가 대답했다.

"축구해, 지금."

"괜찮으니까, 가서 봐."

"그럼, 보면서 기다릴게."

안즈는 자기 방으로 돌아와 짐 꾸리기를 재개하려 했다. 그러나 역시, 종이 박스 곁으로는 가지 않고, 아까와 마찬가지로 창가의 책상 모서리에 걸터앉아 밖을 바라보았다.

주변은 이미 어둑어둑했다. 강물빛은 어둠에 녹아들고 비가 만드는 물보라만 눈에 보였다.

쏴아, 하는 큰 소리가 창문을 닫아도 들렸다. 엄청난 비였다. 낮 동안에는 이따금 맑은 하늘도 보였는데.

집을 나설 때는 항상 비.

그것은 원래 두 사람의 숙명이었다. 연애 시절에도, 결혼하고 나서도, 하이킹이나 여행 계획을 세우면 반드시 그날은 비가 내렸다. 후미유키는 우리의 행복이 도를 넘어선 게 틀림없다고 했다. 우리가 이 이상 행복해지지 않도록 외출할 때마다 하느님이 비를 내리는 것이라고.

그래서 오늘밤도 이렇게 비.

안즈는 생각한다. '오늘 같은 경우, 하느님은 무슨 마음에서 비를 내리는 걸까?'

후미유키의 부모님이 남겨주신 강변의 오래된 집에 산 지 3년이 된다. 오늘 밤이 마지막 밤이다. 짐 꾸리기를 끝내면 아래층으로 내려가 둘이서 마지막 식사를 하고, 그러고 나서 안즈는 이 집을 나가기로 되어 있다.

결정을 내린 사람은 안즈였다. 그 결정을 향해 하루하루를 거듭해온 것은 두 사람이었다 해도, 적어도 먼저 결정한 사람은 안즈였다.

그런데도 지금, 그 일을 결정한 것은 아무래도 후미유키인 양 생각되었다. 후미유키는 지금껏 무언가를 고집스럽게 주장하는 일이 거의 없었지만, 일단 결정이 나면 뒤집는 일도 없었다. 남편이 그런 사람이었음을 안즈는 새삼 알게 된 기분이었다.

아침부터 짐을 꾸렸지만, 일은 진척되지 않았다. 아니 전혀 일을 진행하지 않았다.

책장에 늘어놓은 인형들도 그대로이다. 연애 시절부터 안즈의 생일 때마다 후미유키가 만들어준 것들이다. 안즈의 모습을 연상시키는 껑충한 여자가 기모노를 입고 있거나, 검정 드레스를 입고 있거나, 혹은 벌거벗고 있었다. 그런 인형이 다섯 개 있었다.

"인형은 가져 가?"

어제 후미유키가 그렇게 물었을 때, 안즈는 깜짝 놀랐다. 사실 그때까지 인형을 두고 간다는 것은 생각도 못해봤다. 남녀가 헤어진다는 건 그런 것인가, 라고 생각했다. 그리고 그 헤어지는 남녀가 다름 아닌 후미유키와 자신이라는 사실에 또 한 번 놀랐다. 하지만 지금 생각하면 그때는 이미 후미유키가 마음을 정한 상태였다.

후미유키는 인형 제작자이다. 남들로부터 '인형 작가'로 불릴 때마다 '인형 제작자'라고 고쳐 말한다. 그런 까탈스러움이 지겹기도 했지만 바람직하다고 여긴 적도 있다. 따라서 그 점이, 두 사람이 이렇게 되기까지의 원인은 아니라고 안즈는 생각한다.

안즈는 후미유키의 인형을 무척 좋아했지만, 온 세상 사람들이 그 인형을 갖고 싶어 하는 건 아니었다. 거기에 후미유키의 변덕스러운 작업 스타일이 더해져 수입은 늘 불안정했다. 프리랜서 교정자인 안즈의 어설픈 수입만으로 몇 개월을 지내야 했던 때도 있었다. 그것이 가능했던 것은 후미유키가 집과 더불어 얼마간의 돈을 부모님으로부터 물려받았기 때문이다. 언젠가 너희 둘이 세계일주 여행을 가면 되겠다며, 생전의 시어머님이 흐뭇해하셨을 만큼 많았던 그 돈도, 지금은 온천 여행을 몇 번 다녀올 정도밖에 남아 있지 않다. 하지만 안즈는 그런 일에 그다지 마음을 쓰는 것도 아니다.

"당신은 생활이란 것을 전혀 몰라."라든지, "당신과 있으면 생활하고 있다는 기분이 전혀 들지 않아." 하면서 후미유키를 힐난한 적이 있다. 그런데 지금 생각하면, 그때 안즈는 뭔가 다른 일 때문에 화를 내거나 불안을 느꼈던 것 같다. 뭔가 다른 문제를 이야기할 생각이었는데, 입 밖에 내고 보니 그런 대사가 되었다. 당시에 후미유키는 슬퍼하는 듯한, 어쩐지 안즈를 가엾게 여기는 듯한 표정이었다.

안즈는 요리책을 박스에 담으려다가 다시 손을 멈췄다.

지금은 안즈의 요리 솜씨가 요리사 수준이지만 후미유키와 결혼하기 전까지는 제 손으로 밥 한번 지어본 적이 없었다. 요리하는 걸 즐기게 되면서 책도 늘어나고, 잔치 요리를 비롯하여 이탈리아 요리라든지 태국 요리 같은 전문적인 요리까지 만들게 되었다. 책장을 넘기다 보면, 언제 어떤 요리를 만들었는지 거의 정확하게 떠올릴 수 있었다. 게다가 완성된 그 요리를 어떤 기분으로 먹었는지까지.

『파스타 사전』이라는, 말도 안 되게 두꺼운 책—이탈리아에서 출판된 것을 번역한 책으로, 몇 천 종류나 되는 파스타 요리가 실려 있다—을 넘기고 있을 때, 갑자기 사이렌이 울렸다. 강가에 살다 보니 수량 조절 사이렌을 가끔 듣게 되는데, 지금 같은 소리로 울리는 것은 처음이었다. 어쩐지 가슴속을 휘젓는 듯한 소리. 안즈는 책을 팽개치고 아래층으로 내려갔다. 후미유키는 부엌 창문으로 밖을 내다보고 있었다.

"수문을 열었을 거야. 엄청나게 내리니까."

"그래도 이런 소리는 처음이야."

"엄청나게 내리니까."

후미유키는 같은 말을 되풀이하고 창밖을 주시했다. 안즈도 밖을 보았다. 비는 이제 폭포처럼 내리고, 창문 옆에만 있어도 물보라가 얼굴에 튀었다.

후미유키가 창문을 닫았다. 켜놓은 텔레비전에서는 버라이어티 프로그램이 방송되고 있었다. 축구는 이미 끝났을 테지. 후미유키는 안즈의 기색을 살피더니, 위층으로 바로 올라가지 않고 보던 텔레비전을 껐다.

"봐도 돼."

안즈가 말하자,

"아냐."

후미유키가 말했다.

"그래?"

안즈는 대꾸했으나, 더 이상 할 말이 없었다. 하는 수 없이,

"좀 심하네, 비."

라고 말했다.

"어쩌다 외식이라도 하려들면 늘 이렇지."

오늘 저녁식사는 근처 레스토랑에 가서 하기로 되어 있었다. '어쩌다'가 아니라, '마지막으로' 겠지. 안즈는 마음속으로 말했다.

외식을 제안한 사람은 후미유키였다. 늘 먹는 식탁에서, 마치 '최후의 만찬' 같은 분위기가 되는 게 싫어서, 라고 말했다. 하

지만 어디서 먹든, 마지막이라고 정해져 있다면 그것은 최후의
만찬일 것이다.

"배, 고파?"

후미유키가 물었다.

"아니."

안즈는 고개를 저었다. 솔직히 배가 어딘가 다른 차원에라도
가 있는지, 배가 고픈지 아닌지조차 느껴지지 않았다.

"그럼, 좀더 상황을 지켜볼까?"

"응. 뭔가 좀 만들어도 되는데."

"아냐, 좀 지나면 빗발이 잦아들 거야. 틀림없이."

그리고 후미유키는 선수를 치듯 부엌으로 가서 물었다.

"커피 마실래?"

안즈는 마시고 싶지 않았지만 "응." 하고 대답했다.

물이 끓고, 안즈는 드립퍼(Dripper)로 커피를 타는 후미유키를
바라보았다. 요리에 관해서는 안즈에게 맡겨두는 편이지만, 커
피만은 늘 후미유키가 손수 탄다. 가는 주입구를 쭈그러뜨려 한
층 더 가늘게 만든 주전자로 세심하게 끓는 물을 따른다.

안즈는 커피를 타고 있는 모습의 후미유키 사진을 한 장 가지
고 있었다. 연애 시절, 안즈의 아파트에 놀러와서 커피를 타주

던 후미유키를 디지털 카메라로 찍어둔 것이다. 뭔가의 경품으로 받았던 장난감 같은 카메라로 서로의 모습을 한창 찍어대곤 했는데, 안즈는 많은 사진 가운데서 이 사진을 골라 결혼하기 전까지 자신의 책상 앞에 붙여놓았다. 후미유키가 주전자를 드립퍼에 기울이고 있는 그 사진이었다.

인형을 만들고 있을 때의 후미유키와 마찬가지로, 커피를 타고 있는 후미유키가 좋았다. 마치 세상에 그 일만 존재하는 것처럼 세심하게 몰두하는 모습이 우습고 사랑스러웠다. 그런데 어느 때부터인가, '하지만 세상에는 그 일만 존재하는 게 아니야.' 라고 마음속으로 중얼거리면서, 후미유키의 모습을 싸늘한 눈빛으로 바라보게 되었다. 왜 그랬을까?

후미유키는 커피와 곁들여, 찬장 안에서 찾아낸 듯 싶은 말린 사과도 접시에 담아 가져왔다. 한동안 말없이 마시고 나서 커피잔을 가리켰다.

"참, 이건 안 가져 가?"

그것은 안즈가 한때 열의를 갖고 모으던 영국제 앤티크 찻잔이었다. 그 밖에도 찬장 안에는 안즈가 모은 컬렉션이 몇 가지 수납되어 있었다.

"됐어."

안즈는 무뚝뚝하게 말했다.

"아직 짐 하나도 못 쌌어. 식기까지 쌀 여유 없어."

"그럼, 나중에 가져다 줄게."

"그래."

"정리되면 가지러 와도 좋고."

"응."

다시 침묵이 찾아왔다. 안즈는 사과를 한 입 베어 먹었다. 말려놓은 사과가 찬장 안에서 한층 더 건조되어 마치 건어물 같았다. 이것을 산 게 언제였던가 생각한다. 후미유키의 차로 장을 보러 나간 날, 슈퍼마켓 앞에서 토산물 전시회를 하고 있었는데, 바람 잡는 남자의 재미있고도 우스운 설명을 둘이서 멍하니 듣고 있다가 뭔가 하나 사야 될 것만 같아 고른 것이다. 꽤 지난 일이지만 아주 옛날은 아니다. 그때는 아직, 아무것도 결정나지 않았던 시기였을까.

"오다에게 전화 해주는 게 좋지 않겠어?"

후미유키가 다시 침묵을 깼다.

"뭐 하러?"

안즈는 사과가 놓인 접시를 보면서 말했다.

"아니…… 걱정하고 있지 않나 싶어서. 비가 많이 오니까."

"그냥 비잖아."

"그래? 그럼 다행이고."

후미유키도 사과 접시를 바라봤다.

오다는 시립 박물관의 학예사이다. 반년쯤 전, 오다가 「강의 자연과 생물전(展)」을 기획하면서, 강가를 걷는 사람들의 모형을 후미유키에게 의뢰해왔다. 거절할 생각이었던 후미유키는 결국 오다의 열의에 이끌려 그 일을 수락했다.

오다는 먼저 후미유키의 친구가 되었고, 그후 얼마 지나 안즈의 애인이 되었다. 나는 애인 따위는 되고 싶지 않다, 정정당당하게 당신의 파트너가 되고 싶다, 라고 오다는 말했다. 오늘 밤 안즈는 이 집을 나가 오다의 집으로 가기로 했다.

"텔레비전 켜지 그래?"

무심코 한 말이었는데, 화를 내는 듯한 말투가 되었다. 후미유키는 아무 말 없이 기색을 살피듯 안즈를 바라봤다.

"할 말이 없어서 불편해하는 것 같으니까."

점점 더 가시 돋친 목소리가 되었다.

"안즈."

후미유키는 온화하게 말했다.

"왜 부어 있는데."

그러고 나서 미소 지었다.

언제든 후미유키는 그런 식으로 미소 짓는다. 안즈는 화가 나면서도 신기하다는 생각이 들었다. 예를 들면, 함께 살기 시작한 초창기에 안즈가 뭔가 사소한 일로 토라져서, "오늘은 저녁밥 안 지을 거야."라고 선언했을 때도, 일주일 전 오다와의 관계를 고백했을 때도, 후미유키는 "알고 있었어."라며 예의 미소를 지었다.

안즈는 2층으로 돌아가고 싶어져서 우물쭈물 하고 있었다.

그러자 후미유키가 일어나서 마당으로 나 있는 덧문을 닫으러 갔다. 그리고 이내 큰 소리로 안즈를 불렀다.

"어이, 안즈!"

안즈는 마당을 보고 깜짝 놀랐다. 완전히 연못이 되어 있었다. 물은 툇마루 바로 밑에까지 차올라 있었다.

"홍수?"

안즈는 저도 모르게 후미유키의 팔을 붙잡았다.

"뭐, 그 정도 비는 아닌 듯 싶은데, 강이 넘쳤나?"

"이 물, 금방 집 안까지 들어오는 것 아냐?"

"괜찮을 거야."

말하면서 후미유키는 하늘을 보았다. 비는 여전히 굉장한 소리를 내면서 내리치듯 퍼붓고 있었다.

　그러고 나서 방을 나간 후미유키가 한참 지나도 돌아오지 않기에 안즈는 아틀리에로 가보았다. 후미유키는 온 바닥에 어질러져 있는 인형의 다리며 몸체며 옷 쪼가리며, 기타 여러 가지것을 그러모아 종이 박스에 넣고 있는 참이었다.

　"일단 책상 위에 올려놓으려고."

　안즈를 보더니 다소 멋쩍은 듯이 말했다.

　"2층으로 올려다 놓지 그래?"

　"그렇게까지는 안 해도 될 것 같은데."

　그러나 결국 후미유키는 종이 박스를 안고 한동안 망설인 끝에 2층으로 올라갔다. 그동안 안즈는 현관홀의 선반에 늘어놓은 인형을 종이 박스에 담았다. 아래층으로 내려온 후미유키는 그 모습을 보고 또 다시 "괜찮아."라고 말했으나, 역시 결국에는 제작 중이던 인형이며 재료들과 함께 이제까지의 작품을 모두 2층으로 올려놓게 되었다. 후미유키가 실은 안즈 이상으로, 홍수가 날까봐 불안해하고 있음이 분명했다.

　언제든 후미유키는 미소ー가 아니면, "괜찮아."라고 말했다. 안즈는 그 말을 지금은 자신이 미워하고 있다는 것을 깨달았다.

테르의 몸 상태가 나빠졌을 때도 후미유키는 줄곧 "괜찮아."라고 말했다. "더 이상 입원시키는 것도 가여우니까 댁으로 데려가시길 권합니다." 하고 수의사가 포기했을 때조차도.

테르는 두 사람이 기르던 고양이로, 딱 1년 전에 급성간염으로 죽었다.

"이렇듯 급격하게 나빠지는 경우는 좀처럼 없습니다. 뭔가 안좋은 것을 먹었다면 몰라도."라는 수의사의 말에, 후미유키는 단언했다.

"집 밖에는 내놓지 않았으니까 뭘 먹었다면 집 안에서의 일인데, 전혀 짚히는 구석이 없습니다."

만약 집 안에 독이 있다면 후미유키의 아틀리에에 있는 약품류일 것이라고 안즈는 생각했지만 잠자코 있었다. 독성이 있다싶은 것은 철저히 관리하고 있을 테고, 만의 하나 허술한 부분이 조금 있었을지라도 테르의 죽음을 후미유키 탓으로 돌리고 싶지는 않았으니까.

테르가 죽고 난 후에도 후미유키는 안즈의 어깨를 끌어안고 "괜찮아."라고 했다. 안즈는 그 말을 믿으려 했고, 믿은 줄 알았다. 어쩌면—그날 뭔가가 결정 났는지도 모른다. 그리고 결정한 사람은 안즈가 아니라 역시 후미유키였는지도.

위층으로 가져온 물건을 안즈의 방에 들여놓았다. 두 평 조금 넘는 방은 안즈가 어질러놓은 것과 옮겨놓은 물건들로, 한층 복작거리게 되었다. 인형들의 피난이 끝나자 후미유키는 새삼 깨달은 양 방을 둘러보았다.

"뭐야, 이 사태는."

어처구니없다는 듯이 말하고 장난스럽게 물었다.

"당신, 대체 뭘 시작할 생각이었어?"

"짐 꾸리기."

안즈는 그렇게 대답하는 수밖에 없었다.

"이걸 짐 꾸리기라고 한다면, 나는 프랑스인이다."

"뭐야, 그게."

"할 맘이 없는 거로군."

"없어."

그리고 잠깐의 공백이 생겼다. 후미유키는 자신이 내뱉은 말의 의미를 새삼 깨달았다는 듯이, "없다고?" 라고 중얼거리며 조금 웃었다.

대화가 중단되자 빗소리가 방 안에 가득 찼다. 여전히 무서운 기세로 퍼붓고 있었다. 안즈는 또 한 번 하느님을 언뜻 생각했다. 그때 빗소리 가운데 뭔가 빗소리 이외의 것이 섞여 있음을 안즈는 알아차렸다. 후미유키 귀에도 들린 모양이었다.

"…… 아기?"

"고양이다!"

두 사람은 아래층으로 뛰어 내려갔다. 마당 쪽에서 분명히 들렸다. 끊어졌다 다시 이어지는 절박한 울음소리.

후미유키가 덧문을 열자, 그 소리에 놀랐는지 울음소리가 그쳤다. 안즈는 손전등을 들고 왔다. 소리를 죽이고 있자, 고양이가 다시 울기 시작했다. 문 쪽에서 들렸다. 후미유키는 빗속에 몸을 반쯤 내밀고 마당 여기저기를 비췄다. 이윽고 헛간 지붕 위에 있는 고양이의 모습을 포착했다.

흰색과 검은색이 섞인 얼룩 고양이로, 빨간 목줄을 하고 있었다. 안즈는 처음엔 새끼 고양이인 줄 알았다. 그때 후미유키가 고니시 씨네 고양이라고 말했다. 비에 젖은 털이 몸에 착 달라붙어 있어서 작아 보였던 것이다. 이웃인 고니시 씨 집에서 기르는 그 고양이는 아주 가끔 마당에 나와 있곤 했다. 이제 나이가 많아서 밖에 잘 나오지 않는다고, 고니시 부인한테 들은 적이 있었다.

헛간에서 조금 떨어진 곳에 단풍나무가 있는데, 고양이는 아마도 그 나무에 올라갔다가 얼결에 나뭇가지 끝에서 헛간 지붕으로 건너뛴 모양이었다. 나뭇가지는 고양이의 무게로 인해 헛간 지붕 가까이까지 휘어졌을 테지만, 지붕에서 다시 나뭇가지로 돌아가기엔 늙은 고양이로서는 아무래도 너무 멀었을 것이다. 나이 들었다는 점이 가장 큰 문제였다. 흠뻑 젖은 채 하룻밤 버텨낼 체력도 없을 게 뻔했다.

후미유키는 셔츠를 벗고 티셔츠 차림으로, 손전등과 사다리를 들고 마당에 나갔다. 사다리에 올라가 헛간 지붕에 손을 뻗었으나 허사였다. 고양이는 겁을 집어먹고 지붕 안쪽으로 물러나버렸다. 후미유키는 집 안으로 다시 들어와 온몸에서 물방울을 뚝뚝 떨어뜨리며 2층으로 올라갔다. 침실 창문을 열고, 안즈에게 손전등을 들린 후 베란다로 나갔다. 베란다에서 헛간 지붕으로 내려가려는 것이다. 난간도 헛간 지붕도 비가 얇은 막을 이루듯이 흐르고 있어서, 자칫 잘못하면 이중 조난이 될 상황이었다. 안즈는 손전등으로 후미유키가 가는 쪽을 비추면서 두세 차례 비명을 질렀다. 고양이가 다행히 베란다와 헛간 지붕 사이의 좁은 틈으로 도망쳐 들어갔다. 후미유키는 지붕을 네 발로 기어 간신히 고양이를 끌어냈다.

"우왓!"

후미유키가 소리쳤다. 방에 들어오자마자 고양이가 난리를 치며 후미유키의 품 안에서 뛰쳐나간 것이다. 후미유키는 곧바로 베란다 문을 닫았다. 고양이는 이리 부딪치고 저리 부딪치며 사방을 뛰어다닌 끝에 방 밖으로 달아났다.

후미유키가 고양이에게 긁힌 상처에 일회용 밴드를 붙이고 젖은 옷을 갈아입은 후 거실로 돌아왔을 때 현관 벨이 울렸다.

안즈가 나가보니, 고니시 부부가 장화와 비옷으로 완전무장을 하고 서 있었다. 소동이 들려서 혹시 자기네 고양이인가 싶어 찾아온 것이다.

"네, 그 댁 고양이 맞아요. 붙잡아서 집에 들여놓았는데 겁을 먹고 어딘가로 숨어버렸네요."

"역시 그랬군요. 다행이네. 점심 지나고부터 보이지 않아서 걱정하던 참이었는데……."

주인의 모습을 보면 고양이가 나올지도 모른다는 생각에, 안즈는 두 사람을 집 안으로 맞아들였다.

"죄송합니다, 너무 폐를 끼쳐서. 이런 밤중에, 고양이에, 인간에……."

고니시 씨가 그렇게 말하면서 거실로 들어왔을 때, 후미유키는 이미 커피용 물을 끓이고 있었다. 괜찮다며 부부는 몸 둘 바

몰라 했으나, 고양이는 나올 기미가 없고 여느 집 같으면 저녁식사는 이미 마쳤을 시간이었기에, 결국 소파에 앉아 두 부부가 환담을 나누는 상황이 되었다.

60대 중반으로 보이는 고니시 부부는 자녀들이 모두 독립해 나간 듯 안즈네와 마찬가지로 두 식구 살림이다. 그다지 친밀하게 지내는 사이는 아니지만, 집에 들어온 선물을 나눠 가지거나 길에서 만나면 잠깐이나마 세상 돌아가는 이야기를 나누기도 한다. 부부 모두 느낌이 좋다. 후미유키와 헤어지면 이 사람들과도 오늘밤이 마지막이다, 라고 안즈는 새삼 생각했다.

"그런데 심하게 내리네요."

"강이 넘친 건 아마 처음이지 싶어요."

"북쪽 수문이 좀 위험하다는 얘기가 이전부터 있었죠."

"우선 필요한 것만 급히 피난시키는 참이었는데……."

"이쪽은 이제 괜찮겠죠."

남자 둘이 이야기를 마치자, 들어왔을 때부터 집 안을 신기한 듯이 둘러보고 있던 고니시 부인이 탄식했다.

"이 댁은 근사하네요. 방 구조는 우리와 비슷한데……."

그러고 보니, 이웃지간이 된 지 3년이나 되었는데 서로의 집을 왕래한 적이 없었다. 두 집은 같은 시기에 분양받은 오래된 건물이지만, 안즈네는 후미유키의 부모님이 몇 차례인가에 걸쳐 리모델링한 바 있다.

"판자를 대니까, 이렇게 모던해지네요?"

"판자를 댄다고 다 좋은 건 아니지. 인테리어 감각의 문제요."

"그렇네요. 우리는 돈도 없지만 감각도 없으니."

핫하하, 하고 고니시 부부는 태평스럽게 웃었지만 부인 쪽은 아직 관심이 덜 끝난 눈치였다.

"부엌의 저 선반은 처음부터 달려 있었나요?"

"저건 남편이 단 거예요."

안즈는 대답하고, 자신도 방을 둘러보았다.

"저것도, 저쪽의 것도 그렇고, 현관에 달린 것도. 아무튼 선반을 다는 게 취미예요."

"어머나, 그거 좋은 취미네."

"무심코 있다 보면, 어느새 여기저기 달아버리거든요."

망치 아저씨. 그 무렵 안즈는 후미유키를 그렇게 불렀다. 처음 이사 오고 한 달 남짓, 집 안에는 못질하는 소리가 끊임없이 울려 퍼졌다. 안즈가 뭔가 일을 하나 마치고 집 안을 걷노라면, 그때마다 어딘가에 선반이 늘어나 있고, 덕분에 여기에는 또 뭘 얹어야 하나 고민하는 형편이었다.

"비어 있는 벽을 보면 어쩐지 몸이 근질근질해져서요."

후미유키가 말하고, 이번에는 네 사람이 함께 웃었다.

고니시 부부는 아무것도 몰랐다. 안즈 부부가 고양이를 키운 사실도 알지 못했다. 따라서 당연히 테르가 죽은 것도 모르고, 하물며 둘 사이가 이미 '결정 난' 줄은 짐작도 못하리라.

결정 난 일은 절대로 뒤집을 수 없는 걸까? 안즈는 문득, 아프도록, 그렇게 생각한다. 뒤집을 수 없다는, 그런 무서운 일이 과연 현실이 되는 걸까?

"앗, 하루코 쨩!"

고니시 부인이 목소리를 높였다. 복도로 통하는 문틈으로 고양이가 얼굴을 내밀었다.

"하루코 쨩, 이리 오렴."

부인이 몸을 일으키는 것과 거의 동시에 전화벨이 울렸다. 모두 고양이에 주목하고 있을 때였기에 벨소리는 무척 크게 들렸다. 고양이는 복도 쪽으로 들어가버렸고, 후미유키가 일어나 전화를 받았다.

"아, 예. 잠시만요."

후미유키가 말하고, 안즈 쪽을 보았다.

"오다 씨."

오다가 홍수를 염려해 전화를 걸어온 것이다. 같은 강변의 좀 떨어진 지역은 상황이 더 어려운지, 뉴스에도 나온 모양이었다.

"네, 그래요. 우리 집 마당도 물에 잠겼어요. 집 안은 아직 그런 대로 괜찮고."

어쩐지 모두가 이쪽에 귀를 기울이고 있는 낌새였다. 오늘 밤은 집에서 나오지 않는 편이 좋을 것 같으니 그쪽에서 그냥 자요, 라고 오다가 말했다.

"기후 탓이니 어쩔 수 없지."

"그러게 말이에요."

"내일, 차로 데리러 갈까? 집까지 가는 게 뭣하면 근처에서 기다릴 테니……."

"괜찮아요."

"혼자 오려고? 전철로? 그편이 낫나?"

"네."

안즈는 조그맣게 대답하면서 모두의 얼굴을 둘러봤다. 안즈 쪽을 보지 않는 사람은 후미유키뿐, 고니시 씨도 부인도 천진난만한 표정으로 대화에 귀를 기울이고 있었다. 홍수를 걱정한 안부전화라고 여길 테지.

"지금 집에 고양이가 있어요."

안즈가 오다에게 옆집 고양이를 헛간 지붕에서 구출한 일을 이야기하기 시작했다.

"그런데 잔뜩 겁을 먹고, 어딘가에 숨어서 나오질 않는 거예요. 그래서 지금 옆집 부부와 함께 커피를 마시면서 고양이가 나오길 기다리고 있어요."

안즈는 어째서 자신이 그런 이야기를 오다에게 했는지 알 수 없었다. 적어도, 지금 이곳에 남들이 있다고 알리려는 의도는 아니었는데, 오다는 그렇게 받아들인 모양이었다.

"이런, 그럼 내가 실례를 범했네. 그럼, 그만 끊을게. 내일 만나요. 사랑해요."

"네, 고마워요."

안즈는 말하고 전화를 끊었다.

고니시 부부는 한 시간쯤 머물렀다. 고양이 이름을 부르며 집 안을 돌아다녀 보기도 했으나, 고양이는 더 이상 모습을 보이지 않았다.

"그럼, 죄송하지만 내일 다시 들르겠습니다."

여하튼 보호받고 있다는 틀림없는 사실에 부부는 안심했는지 그렇게 말하고 돌아갔다.

"어떡하지?"

안즈가 커피잔을 씻고 있는데, 후미유키가 물었다. 안즈가 물을 잠그자 급히 말했다.

"저녁식사 말인데."

벌써 9시가 지나 있었다. 완전히 커피로 배를 채우고, 타이밍을 놓쳐버린 것이다. 무엇보다 비 때문에 당분간 차를 끌고 나가지 못할 것이다.

"스파게티라도 만들게."

"괜찮겠어?"

"응."

"그럼, 그렇게 할까?"

"텔레비전이라도 보지 그래?"

"그래."

이번에는 순순히 대답하고, 후미유키는 거실로 돌아갔다. 안즈는 파스타를 꺼낸 후, 수납고를 뒤졌다. 토마토즙 통조림이 있었다. 냉장고에 안초비 페이스트와 올리브도 있으니 한데 모아 소스를 만들자. 그런 다음 양파와 감자로 간단하게 샐러드를 만들면 괜찮을 거야.

양파를 볶다가 문득 기척을 느끼고 돌아보니, 부엌 구석에 고양이가 있었다. 찬장과 관엽식물 화분 사이에서 가만히 이쪽의 동정을 살피는 듯했다. 배가 고파서 나왔는지도 몰랐다. '그래, 왜 그 생각을 미처 못했을까?' 안즈는 냉장고 안에 있던 어묵을 접시에 담아 부엌 한가운데 내려놓았다.

모르는 척 양파를 볶으면서 고양이가 다시 움직이길 기다렸다. 안즈는 숨을 죽이고 있었다. 고양이의 모습을 발견하기 이전부터 안즈는 고양이와 마찬가지로 겁을 내면서 숨을 죽이고 있었다.

우선 텔레비전 소리가 작아진 것을 알아차렸다. 후미유키가 볼륨을 줄인 것이다. 빗소리가 들려왔으나, 아까보다 훨씬 부드러워졌다는 사실도 깨달았다. 그리고 나서 고양이가 나온 것을 알았다. 어묵을 먹고 있었다. 하지만—물론—, 희고 검은 얼룩 고양이일 뿐 테르는 아니었다.

후미유키의 온화하면서도 신중한 목소리가 들렸다.

"내일은 괜찮을 거야, 나갈 수 있어."

이것으로 마지막

다 니 무 라   시 호

그대로 쭉 밤이 계속되었으면 좋겠다고 생각했다. 할머니가 되는 것도 싫고, 무엇에도,
누구한테도 얽매이고 싶지 않았다. 그래도 도쿄 안의 무수한 별처럼 빛나는 클럽 어딘가에,
꿈처럼 반짝반짝 빛나는 눈부신 일이 반드시 있을 것만 같은 기분이 들었다.

다니무라 시호

삿포로 출생. 홋카이도대학 농학부에서 동물생태학 전공. 1990년에 발표한 논픽션 『결혼하지 않을
지도 모르는 증후군』이 여성을 중심으로 큰 지지를 모으며 베스트셀러에 오름. 1991년에 소설 『아
쿠아리움의 고래』를 발표하면서 소설가로 데뷔. 저서로 『괭이갈매기』(제10회 시마세 연애문학상),
『열네 살의 엥게이지』, 『잠들지 않는 눈동자』, 『귤과 달』, 『자살 구락부』, 『우리의 광대한 외로움』,
『요정애』, 『레슨즈』, 『베리쇼트』, 『내추럴』, 『슈크리어의 바다』, 『아이엠어우먼』, 『검은 천사가 되고
싶다』 등이 있다.

스물두 살 생일에 시골에 계신 어머니가 보내온 딱 스물두 송이의 오렌지색 장미를 꽃병에서 꺼내, 이미 시들어버린 것과 아직 고개가 꼿꼿이 서 있는 것을 가려낸다.

꽃의 수는 날짜가 지날수록 줄어든다. 용기도 파랗고 큼직한 꽃병에서 중간 크기의 투명한 플라워 포트로 바뀌고, 마지막에는 작은 유리컵 안에 장미 몇 송이가 짧달막한 연필처럼 서 있게 된다. 그 장미마저도 말라버리고, 꽃병과 컵을 모두 씻어낼 때쯤 나는 늘 생각한다.

이것으로 마지막—. 이로써, 이번 장미도 끝이라고.

연인인 다카시는 소파에 다리를 뻗고 앉아 나를 보며 말했다.

"마유미 같은 여자는 처음이야. 그런 식으로 꽃 같은 걸 조물

락거리는 게 좋은 모양이지?"

"여자는 다들 꽃 좋아하지 않나?"

나는 장미 가시에 찔린 손가락을 빨고 있었다.

"그래? 당신 친구인 '치아키' 라는 여자만 해도, 꽃 같은 데는 통 관심 없어 보이잖아."

다카시는 담배 연기를 동그랗게 내뿜었다.

"글쎄."

나는 고개를 갸웃했다.

어쨌든 치아키와는 벌써 한 달 넘게 말을 하지 않았다. 잘못한 건 내쪽이니까 실은 만나서 확실하게 사과하고 싶은데, 치아키는 전화도 받지 않는다. 어느 때는 휴대폰을 아무리 울려도 안 받기에 틀림없이 내 전화를 무시한다고 생각했다.

그래서 발신자 표시 제한으로 걸어보았다. 치아키는 예의 "네 — 에." 하고 중간에 반 박자를 집어넣은 듯한 나른한 목소리로 전화를 받았다. 패밀리 레스토랑에라도 있는 건지 잡음 섞인 공기가 전해졌다. 나는 그런 곳에 있는 치아키가 조금 부러웠다.

"치아키, 제발 내 전화 좀 받아. 제대로 사과할 테니까 너무 그러지마."

"…… 아, 마유미? 뭘?"

"몇 번씩이나 전화했는데 '뭐' 라니…….”

"미안. 미안한데, 지금 바쁘니까 나중에 다시 걸어줘.”

"잠깐만, 치아키.”

뚜―뚜―뚜―뚜―뚜…….

전화가 일방적으로 끊기자, 마치 세상으로부터 차단된 것처럼 절망적인 심정이 되었다. 그 뒤편의, 내 멋대로 상상하는 장소며 공기, 예를 들면 치아키 주변에 있는 아이들 모두로부터 "이만, 바이바이―.” 하는 소리를 듣고 있는 듯한 기분이었다.

이제 끝인가. 그때 비로소 나는 생각했다. 치아키와도 이것으로 마지막―.

남자를 사귀는 경우에도 그런 때는 찾아온다. 꽃병의 꽃이 조금씩 줄어들고, 컵 안에 그나마 피어 있던 마지막 한 송이가 말라버리는 것 같은, 그런 때가 온다.

하지만 여자친구와 그렇게 될 줄은 몰랐다. 여자친구로부터 전화 통화를 거부당하는 때가 오다니, 생각해본 적도 없다.

계기가 된 그날 밤의 일은 또렷이 기억한다.

혼자 집에 있을 때였다. 텔레비전을 켜자, 다카시와 꼭 닮았다고 하는 탤런트가 나와 즐거운 듯이 웃고 있었다. 물론, 다카시가 그 사람을 닮았다고 해야 옳지만.

나는 그 무렵 다카시와 막 사귀기 시작했고 그를 만날 때면 좋아서 어쩔 줄을 몰랐다. 클럽G의 DJ를 맡고 있던 다카시에게 폭 빠져 다른 건 눈에 들어오지도 않을 때였다. 아무도 필요없고 다카시만 있으면 됐다. 원래 나한테 여자친구가 있었나 싶었다. 다카시를 꼭 닮은 그 탤런트가 텔레비전 화면에 얼굴만 살짝 비쳐도 곧바로, '아, 지금 당장 다카시를 붙잡아두어야 해.' 하는 생각이 들었다. 오늘도, 내일도, 붙잡아두어야 한다는 생각에 끊임없이 다카시에게 전화를 해댔다. 다카시가 내 전화를 받으면 안심이 되지만, 그렇지 않으면 점점 불안해지고, '좋아, 네가 그렇게 나온다면 나도!' 하는 오기마저 생겼다.

그래서 그 무렵은 무심코 치아키에게 전화하는 게 습관이 되어 있었다.

"치아키, 지금 뭐해?"

"응, 오늘 어디서 무슨 이벤트 없을까? 다카시한테는 물어봤어?"

치아키는 병이라도 나지 않는 한, 일주일의 절반은 클럽에 간다. 그것도 흑인들이 모이는 곳에만. 치아키는 나와 마찬가지로 스물두 살이지만, 사실 유부녀이다. 정식 이름은 '치아키 존슨'이다. 소꿉장난 같은 결혼이었다고 모두 생각한다.

남편은 흑인 래퍼로, 현재 미국에 살고 있으며, 시답잖은 문제를 일으켜 경찰에 체포되는 바람에 일본에 들어올 수 없다. 치아키는 치아키대로 불똥이 튀어 미국에 들어가지 못한다.

요컨대 치아키의 남편은 대마초 매매를 도왔고, 체포되었을 당시 치아키도 한 방에 있다가 일본으로 강제 송환된 것이다.

치아키도 처음 얼마 동안은 남편이 돌아오기만을 갸륵하게 기다리는 아내를 연기하려 했다. 그러나 좀 지나면서부터 여기저기서 남편의 걸프렌드였다는 여자들이 등장하고 어쩌고 하다 보니, 이제는 무척 닳고 닳은 여자가 되어버렸다. 아니, 치아키는 원래부터 닳고 닳은 여자였다.

"뭣 땜에 그리 일찍 결혼했는데?"

어느 날 내가 물었더니, 어처구니없는 소리를 했다.

"그게 말이지, 나…… 외국인의 아내가 되고 싶었거든. 치아키 존슨, 어쩐지 어감이 좋잖아?" 라나 뭐라나.

그래도 나는 치아키와 클럽에 가는 것이 좋았다.

치아키는 말과 달리 상당히 수줍음이 많아서, 정말로 좋아하는 타입—키가 크고 두상이 잘 드러나는 아주 짧은 머리에 플란넬 셔츠가 잘 어울리는 타입의 남자를 만나면, 갑자기 쭈뼛거린다. 그럴 때는 내가 넉살좋게 나서서 말을 붙여준다.

차려입은 여자들 사이를 헤치고 다가가 남자의 어깨를 쿡 찌르며,

"저기, 저 애 치아키라고 하는데, 잠깐 얘기 좀 해보실래요?"

그러면, 대개 그쪽 남자한테도 친구가 딸려 있어서, 결국 2대 2의 사이좋은 그룹처럼 된다. 상대가 훗사 미군기지의 군인이었던 적도 있고, 일본의 기업에 고용되어 와 있는 농구 선수였던 적도 있다. 나도 그들 중 몇 사람과 잠을 잤으니, 말하자면 비치(Bitch, 음탕한 여자)인 셈이다.

하지만 나는 더 이상 흑인 남자와는 잠자리를 갖지 않을 것 같다. 딱히 흑인 남자라기보다 어느 나라가 됐든 외국 남자와는 잘 마음이 없다. 역시 나는 일본인이고, 상대도 같은 일본인이 좋겠다고 생각하게 됐다. 특별한 이유 같은 건 없다. 몸의 생김도 크기도 다르므로 그런 거대한 물건을 나의 작은 몸에 넣는 것부터가 어지간히 사랑하지 않는 한 무리일 것 같고…… 그냥 지금은 부드러운 남자가 좋다. 그렇다. 요컨대 되도록 클럽 같은 데서 놀지 않는 사람이 괜찮다는 것을 깨달았다. 다카시는 직업이 DJ니까 어쩔 수 없지만, 클럽에서 노는 애들은 어차피 애인이 생겨도 계속 그러고 노니까.

그런데 치아키는 어째서 질리지 않을까?

나는 다카시가 휴대전화로 도저히 잡히지 않을 때에 한해, 치아키와 함께 놀곤 했다.

치아키와 놀면서 여러 가지 사건이 있었다.

함께 훗사의 어느 클럽에 갔을 때는, 치아키 아버지 차를 빌려 내가 운전했다. 치아키의 운전이 서툴러서 옆에 앉기가 겁났기 때문이다.

그런데 훗사란 곳은 말도 안 되게 멀었고, 싫증 잘 내는 치아키는 점차 지도를 볼 기력마저 상실했다.

"그럼, 잠깐 바꿔서 운전해. 아니면 되돌아가든지."

나는 점점 심기가 불편해졌다.

"하지만 나도 이렇게 먼 줄은 몰랐어."

치아키는 일단 반성했다. 그리고 계속했다.

"알았어, 그럼 제대로 지도 볼게. 아, 마유미! 이제 금방이야. 봐 여기, 오사루노 맞지?"

"하아?"

어이없어 하는 나.

"봐봐, 벌써 오사루노까지 왔어."

치아키가 진지하게 말하고 있는 그 장소의 본래 이름은 '아키노' 다.

그날 밤부터 우리는 치아키를 '오사루노'라고 부르게 되었다.

"아하, 정말 그렇네?"

치아키는 긴 손톱으로 지도를 확인하더니 눈을 내리깔며 웃었다.

요코하마의 클럽에 갔을 때는 우리말고도 리카코와 마키가 동행했고, 치아키가 차를 운전했다. 치아키 아버지는 부동산업을 하시는데, 차는 흰색 재규어였다.

요코하마의 클럽 '사드'는 아주 옛날에는 제법 괜찮은 흑인들이 모였던 모양인데, 지금은 그저 케케묵은 쓰레기장 같은 장소가 되었다.

재규어를 몰고 들어가자, 자동차를 좋아하는 흑인들이 가게 천장에 매달려 있는 값싼 미러볼처럼 눈을 번뜩이며 다가왔다. 그나마 몇 명은 돈푼 꽤나 있어 보였으나, 대개는 지갑 안에 천 엔짜리 한두 장 정도밖에 들어 있지 않아서, 술 한잔이라도 마시면 더 이상 옴짝달싹 못할 남자들이었다.

그날 밤은 목에 가짜 금 체인을 두르고 둥근 챙 모자를 쓴 남자가 내게 술을 사주었다. 마신 나도 나쁘지만, 동석할 마음이 들지 않아 잠시 춤을 추고 있는데, 남자가 집요하게 내 팔을 잡아당겼다. 억지로 끌려가게 생겨서 몸을 떼자, 남자가 별안간

104

눈을 치뜨며 화를 내기 시작했다. 나도 처음에는 웃어넘겼지만, 그 힘의 강도와 진지한 눈빛에 덜컥 겁이 났다.

"치아키, 따돌리자."

내가 말하고, 치아키가 리카코와 마키에게도 말을 전했다. 두 사람이 로커에서 코트를 내주고, 나와 치아키는 단숨에 계단을 뛰어 내려갔다. 곧장 밖으로 나가는데 남자가 쫓아왔다.

남자는 휴대전화를 걸고 있었다. 뭔가 싶어 보니, 밖에 또 다른 남자가 서 있었다.

한패인 듯 우리 손을 붙들려고 팔을 뻗어왔다.

"컴온, 베이비—."

남자의 목소리가 울려 퍼졌다.

그 말을 들은 치아키가 까칠한 목소리로 나지막이 응수했다.

"컴온 베이비? 우리가 언제부터 니 베이비였는데? 웃기서."

우리는 하이힐 신은 발로 이번에는 주차장까지 냅다 달렸다. 두 남자가 뒤에서 쫓아왔다. 나는 치아키의 자동차 키를 빼앗듯이 움켜쥐었다. 간신히 차 앞까지 당도했으나, 키의 전지가 닳 았는지 좀처럼 문이 열리지 않았다.

간신히 차문이 열리고, 둘이서 올라타자마자 안에서 문을 잠 갔다.

남자들은 여전히 밖에 서서 차를 걸어차고 두드리며 고함치고 있었다.

"마유미, 어서 출발해!"

우리는 리카코와 마키를 잊은 채 출발했다. 정말 까맣게 잊고 있었다. 온 길을 5분 정도 달렸을 즈음 휴대전화가 울렸다.

"아—!"

우리는 그제야 생각이 나서 차를 돌렸다.

리카코와 마키는 클럽 사드 앞에서 잔뜩 부아가 나 서 있고, 우리는 배를 끌어안고 웃었다.

그대로 쭉 밤이 계속되었으면 좋겠다고 생각했다. 할머니가 되는 것도 싫고, 무엇에도, 누구한테도 얽매이고 싶지 않았다. 그래도 도쿄 안의 무수한 별처럼 빛나는 클럽 어딘가에, 꿈처럼 반짝반짝 빛나는 눈부신 일이 반드시 있을 것만 같은 기분이 들었다. 그래서 우리는 클럽이 아무리 멀리 있어도 마다 않고 찾아다녔다.

치아키는 클럽으로 향할 때면 언제나 행복해 보였다. 따라서 돌아올 때의, 완전히 원기를 소진한 듯한 치아키의 모습은 그다지 기억나지 않는다.

"나, 목욕한다."

다카시의 말에 나는 고개를 끄덕였다. 내심 손가락에 찔린 가시를 빼주길 바랬지만, 손수 바늘로 빼내기로 했다.

아얏…… 하며 얼굴을 찡그리는데, 다시 치아키의 일이 떠올랐다.

그날 밤, 다카시가 내 전화를 받지 않는 것에 화가 난 나는 치아키에게 전화를 걸었다.

"그럼, 클럽 같이 가자."

그러나 아직 시간도 장소도 정하지 않은 상태였다.

그랬는데 다카시가 연락도 없이 갑자기 집으로 찾아왔고, 나는 어느새 클럽에 가기로 한 약속을 까맣게 잊어버렸다.

다카시와 한 침대에 있는 것이 좋았다. 문신이 새겨진 다카시의 두터운 가슴도 좋고, 듬성듬성 돋아난 가슴 털도 귀여웠다.

내 휴대전화가 연신 울리고 있다는 것은 나도 알고 있었다.

"안 받아도 돼?"라는 다카시.

"응, 보나마나 치아키니까. 클럽에 가고 싶은 모양이야."

"꽤 좋아하나봐."

DJ인 주제에 남일처럼 말하는 다카시.

"너, 가고 싶으면 가도 돼."

다카시는 전화가 계속 오자 고개를 갸웃하며 말했다.

"그럼 다카시도 같이 갈래?"

아직 벌거벗은 채, 께느른한 나.

"안 갈 거지?" 라는 다카시.

우리는 그대로 잠이 들었고, 정신을 차려보니 아침이었다.

일어나 휴대전화의 착신을 확인해보니, 치아키의 이름이 무려 열세 개나 나열되어 있고, 거의 매번 음성 메시지가 남겨져 있었다.

"저기, 마유미…… 몇 시면 나올 수 있어?"

"마유미, 전화 좀 받아."

"그럼, 노래방에서 시간 때우고 있을게."

"아, 노래방은 전화가 잘 안 터지니까 카페 같은 데 있을게."

"마유미, 무슨 일 있어?"

"오늘은 클럽 그린에서 이벤트가 있는 모양이야."

"그리고 일단 리카코도 불렀어……."

나는 그냥 흘려 넘겨버리고, 점심때가 다 되어 느긋하게 전화를 걸었다.

"미안, 미안." 하고 사과할 생각이었는데, 자동응답기로 돌려져 있어서 명랑하게 목소리를 남겼다.

"치아키, 미안. 다카시가 갑자기 오는 바람에 그만 같이 자버

렸어. 미안해."

아무리 생각해도 더없이 지독한 최악의 메시지였다. 아무리 다카시 때문에 들떠 있었다 해도 너무 심했다고, 지금의 나는 생각한다.

치아키는 그날을 경계로 내 전화를 통 받아주지 않았다. 그리고 오늘은 발신자 표시 제한으로 전화를 걸었으나, 역시 상대해주지 않았다.

금요일 밤인데도 나는 또 이렇게 혼자 텔레비전을 본다. 또 그 탤런트가 나와 시시껄렁한 일상사를 주절주절 이야기한다.

다카시와 닮긴 했지만, 더 이상 가슴 설레지는 않는다. 요즘은 다카시와 줄곧 함께 있어도, 하는 일이라곤 섹스 아니면 텔레비전을 보거나 내가 지은 밥을 먹는 정도가 전부다. 처음에는 많이 긴장하던 다카시도, 매일 본가의 목수 일을 돕느라 피곤했는지 우리 집에 오면 밥숟가락 놓기 무섭게 소파에서 잠이 들어버렸다.

뭐랄까, 클럽에서 처음 만났을 때와 같은 스타는 더 이상 아니게 되었고, 그저 게으르고 흐리터분한 남자로 느껴졌다. 게다가 다카시는 확실히 나 말고 다른 여자가 있다. 가끔 다카시가 거짓말을 한다고 느낄 때가 있다. 휴대전화를 받지 않을 땐 틀림없이 그 여자와 함께 있는 것이리라. 어차피 의심스러운 몸이라면 일본 남자도 싫다는 생각이 갑자기 들었다.

그 시간, 그녀의 방 안에 내가 세탁해준 다카시의 캘빈클라인이며 폴스미스 바지, 도나캐런 티셔츠가 걸려 있었는지도 모를 일이다.

나는 리카코에게 전화를 걸었다.

"아, 마유미. 어쩐 일이야? 오랜만이네."

리카코는 모델 같은 체형에 고케시 인형(일본의 목각인형_옮긴이)처럼 동그란 얼굴을 한 귀국자녀로, 고등학교 때 잠깐 유학했을 뿐인 치아키나 나와 달리, 일본어도 영어처럼 리드미컬하게 구사했다. 뭐랄까, 좀 독특한 구석이 있었다. 게다가 지나치게 쿨한 면이 있어서인지, 이상하게 남자들한테 인기가 없다.

"응, 치아키한테서 무슨 얘기 못 들었어?"

나는 사정을 이야기했다. 키보드 두드리는 소리가 탁탁탁 들리는 것으로 보아, 리카코는 아직 회사에서 일을 하는 중이리라. 그래도 내 이야기를 들어주었다.

"아, 잠깐 들었어. 치아키가 워낙 클럽 가는 일에 관해선 좀 진지하니까. 인생이 걸린 일처럼 생각하잖아. …… 하지만 혼자서는 가지 않지, 절대로."

리카코도 치아키의 수수께끼를 그렇게 표현했다.

"아니, 나쁜 건 나야. 그래서 어쨌든 한번은 제대로 사과하고 싶어."

휴대전화 너머로 친구의 목소리가 들려오는 데 대한 고마움을, 나는 절실히 통감했다.

"전화도 받지 않는 건 좀 지나치네. 신경 쓰이겠다. …… 내가 말 한번 넣어볼까?"

"정말?"

"응, 해볼게."

리카코는 그렇게 말해주었다.

전화를 끊고, 심장이 고동치는 것을 느꼈다. 손바닥에 땀이 나고, 목이 무척 말랐다.

치아키에 관한 일을 잔뜩 떠올렸다.

다카시의 차로 함께 클럽에 갔던 날, 치아키는 뒷좌석에서 올이 나간 팬티스타킹을 예사로 갈아 신었다. 그리고 벗은 스타킹이며 비닐 포장을 그대로 차 안에 버려둔 채 돌아갔다. 치아키는 그렇듯 칠칠치 못한 구석이 있는 여자다.

둘이서 치바의 기타카시와 변두리에 있는 실업 농구단 선수들의 사택에 놀러 갔을 때도 웃겼다.

치아키는 유난히 짧은 헤어스타일의 남자한테 맥을 못 췄고, 나는 그저 같이 가주었을 뿐이었다. 치아키는 편의점에서 어묵 따위를 선물로 사들고 가 혹심을 보였으나, 기다리고 있던 그쪽의 두 남자는 그저 섹스가 하고 싶어 죽겠다는 얼굴을 하고 서 있었다.

그 가운데 '니코'라는, 이름이 여자 같은 남자가 내게 말했다.

"자, 마유미, 슬슬 가죠."

"가다뇨, 어딜?"

"웅, 내 방으로 가요."

뭣 땜에?

치아키를 보니, 이미 다른 한 사람과 의견일치를 본 눈치였다. 나는 난생 처음 여자 사이의 의리로 남자와 잠을 잤다. 어쩐지 그러는 것이 우정인 양 생각되었다. 섹스는 나쁘지 않았고, 니코는 의외로 자상해서 다음날 스크램블드에그며 베이컨으로 아침상까지 차려주었다.

아침을 다 먹고, 다시 치아키가 묵고 있는 방까지 그녀를 맞으러 갔다.

그런데 나에 비해 치아키는 무척 침울해 있었다.

"그쪽은 어땠어?"

차에 오르자마자 묻기에 적당히 간추려서 이야기했더니, 치아키는 이렇게 말하는 거다.

"그게 말야, 이 사람은 전혀 할 생각도 없는 거야. 등 돌리고 누워버리는 거 있지. 그래서 내가 잠도 안 오고 해서 건드려봤더니 어느새 시끄럽게 코를 골며 자지 뭐야. 무슨 영문인지 모르겠지만, 아침에도 분위기 썰렁해가지고. 아침밥이 다 뭐야. 장난 아니라니까? 좋겠다, 마유미는."

그래서 하는 수 없이 패밀리 레스토랑에 들어가 둘이 한 번 더 아침밥을 먹었다.

치아키는 어제 화장한 모습 그대로였으나, 나는 샤워를 해서 맨얼굴인 데다 눈썹도 그리지 않았기에 치아키의 화장 파우치를 빌려 그 자리에서 잠깐 얼굴을 매만졌다.

그랬다. 나는 애초에 외박할 생각은 없었다. 치아키만 그럴 맘이었던 것이다.

'이런 짓을 해도 되는 건가.'

나는 아침 햇살 속에서 생각했다. 밤에는 반짝반짝 빛나던 세계가, 아침이 되면 죄다 가짜처럼 보였다. 여하튼 이런 일이 언제까지고 계속되지는 않을 것 같았다.

우리 부모님은 지방 도시에서 생활하는 지극히 평범한 월급쟁이 부부이다. 아침밥도 항상 두 분이 함께 잡수신다. 내가 도쿄에서 클럽 놀이를 하며, 이런 해괴망측한 외박까지 저지르고 다니는 걸 아시는 날엔 두 분 다 졸도하실 게 틀림없다. 얼마 전의 나였더라도, 미래의 내가 이런 줄 알았다면 필시 슬퍼했을 것이다.

나는 중·고등학교 시절 내내 천문 동아리에서 활동했다. 지금도 사실 밤하늘을 올려다보며 별 이름을 줄줄 꿸 정도이지만, 부끄러워서 말하지 않는다. 그렇다고 해서 내 자신이 특별히 더 럽다거나 혼탁해졌다고 여기지는 않는다. 뭐랄까, 항상 바람이 불고 있는 것처럼 즐겁고, 그러는 동안 계절이 몇 번 바뀌었을 뿐이다.

치아키는 나보다 훨씬 근성 있는 비치인 주제에, 가끔 그런 식으로 심하게 침울해진다. 남자가 자신에게 마음을 기울여주지 않으면 허전해지는 모양이다.

전화벨이 울렸다.

리카코가 금세 다시 걸어주었다.

"치아키, 전화 받더라."

부러웠다. 리카코와 치아키의 라인은 이어져 있다. 온 세계에 무수히 존재하는 라인이건만, 치아키와 나는 연결되어 있지 않다. 지금은 무엇보다 그 일이 제일 크게 느껴진다. 나는 지금 이 순간, 치아키에게 온 정신이 팔려 있다.

"치아키 말이, 마유미 그러는 거 처음이 아니라던데."

리카코는 말하기 어렵다는 눈치였다.

"도저히 안 될 것 같아?"

내 심장이 또 두근두근 울렸다.

"일단 지금은 무리가 아닐까? 다시 기회 봐서 자연스럽게 자리를 만들겠지만."

"응. 정말 반성하고 있다고, 보고 싶어 한다고, 나중에 말 좀 전해줘."

나는 그렇게 말하고, 휴대전화를 지극히 평범하게 끊었다.

오늘 아침 일어나서 활짝 피어 있던 카사블랑카 꽃의 꽃가루를 티슈로 닦아냈다. 이미 상처 난 꽃은 가위로 싹둑 잘라내고, 남은 가지를 꽃병에 도로 꽂았다. 지금대로라면 앞으로 일주일도 되지 않아 카사블랑카도 모두 지고, 마지막이 되겠지.

그후로도 나한테는 몇 번의 마지막이 찾아왔다. 다카시와도 헤어졌다. 예전에 사귄 남자와는 친구로도 지낼 수 없다.

리카코나 마키와는 가끔 연락은 하고 지낸다. 하지만 그다지 자주 만나지는 않는다. 그동안 우리를 이어준 것은, 치아키의 "있잖아, 우리 클럽 가자."라는 전화였다는 사실이 절실하게 와 닿았다.

물론 나도 이제 백수가 아니다. 백화점의 남성복 매장에서 일주일에 닷새나 일하게 되어 나름대로 바쁘다.

치아키한테서는 딱 한 번 전화가 걸려왔다.

"아, 다행이다. 이거 마유미 전화번호 맞지? 나, 휴대폰 망가져서 말이야. 혹시 J 기억해? J가 휴대폰을 부러뜨려서."

"왜?"

내가 오랜만에 치아키에게 한 말은 그저, 그 "왜?"라는 한마디였다. 그도 그럴 것이 J란, 롯본기의 어디를 뒤져도 그 이상 쓰레기 같은 장소는 없을 것 같은 클럽에 절어 사는, 심히 덜 떨어진 흑인이었다. 치아키도 무척 싫다고 말한 바 있었으니까.

"그런데 J, 얘기해보니까 의외로 재미도 있고 가슴이 뭉클해져서…… 하지만 내가 다른 남자랑…… 그랬더니 J가 화를 내며 진지하게 결혼하고 싶다고…… 아티스트라는 말이 사실일까……? 진짜 화가 나서 휴대폰을 부러뜨리고 내 목을 조르고……."

치아키의 황당한 이야기를 나는 더 이상 들어줄 수가 없었다.

"치아키, 너 이혼했어?"

"아직."

"그럼, 어차피 너도 결혼은 못하고, J한테도 일본인 처가 있잖아. 그동안 쭉 못 만났으니까 지금은 어쩐지 몰라도 전에는 확실히 있었어. 정식으로 결혼한 남자라고, 알겠어?"

내 말에 치아키는 "응." 하고 까칠한 목소리로 대답했다.

"요즘 나, 위장약 먹고 있어."

치아키가 나직이 중얼거렸다.

'더 이상 클럽 같은 데 쓸 만한 남자는 없어. 그만큼 다녔으면 알 때도 됐잖아?'

그 말이 목구멍까지 올라왔지만, 그보다 우선 말해두어야 할 일이 있었다.

"치아키, 오랜만에 이야기하게 돼서 다행이야. 그때는 정말 미안했어. 오늘 전화 고마워."

"그만 됐어. 저기, 마유미…… 오늘 밤 어때?"

"왜?"

나는 다시 한 번 같은 질문을 했다. 왜, 라고.

"아니, 클럽 안 가려나 해서."

"미안. 나 말이지, 이제 쭉 안 갈 거야."

하다못해 나의 그 대답이 메시지가 되어 닿길 바랐다. 더 이상 클럽 같은 데 좋은 남자가 있을 리 없다고. 거기 있는 건 자유롭고, 지나치게 강한 바람뿐이란 것을.

"있잖아, 치아키……."

나는 하려던 말을 삼켰다.

화내도 돼, 라고 나는 왜 말하지 못했을까. 내게 화낸 것처럼 남자들한테는 왜 화를 내지 않냐고.

"그럼 또 전화할게."

그것이 치아키로부터의, 사실상 마지막이 되었다.

하지만 그 무렵은 사실 나에게도, 그 자유롭고 지나치게 강한 바람이 필요했다. 다만 내가 조금 여위어버려서, 좀더 부드러운 바람을 타고 봄의 양지 같은 장소에 다다르고 싶어졌을 뿐이다.

'즐거웠어, 치아키. 안녕.'

나는 전화를 끊고, 이번에는 조금 울었다.

빌딩 안

후 지 노   지 야

매일 그런 식으로 노력하는데도 기대하는 그 사람과 마주칠 수 없는 까닭이 무엇일까?
마주치기는커녕 아무리 눈에 불을 켜고 걸어도, 멀리서조차 그의 모습을 발견할 수 없었다.
더 이상 만나지 않는 편이 낫다는 신의 뜻인가?
어지간히 안 맞는 인연인 걸까?
아니면 그가 어디 출장이라도 가버린 걸까?
사흘째에 접어들 즈음, 나는 부쩍 초조해지기 시작했다.

후지노 지야

후쿠오카 출생. 치바대학 교육학부 졸업. 출판사 근무. 1995년 『오후 시간표』로 제14회 가이엔 신인 문학상 수상. 『이야기 괴담』(제20회 노마 문예 신인상), 『여름의 약속』(제122회 아쿠다가와상), 『소년과 소녀의 폴카』, 『사랑의 휴일』, 『루트 225』, 『그녀의 방』 등이 있다.

1

오빠 부부네 가는 길에 그 사람을 보았다.

역 앞 로터리의 택시 승강장 옆에서.

정글 크루즈라도 나서는 사람처럼 황갈색 벙거지 모자를 쓰고, 노란색 티셔츠에 폭 넓은 구제 청바지를 입은 그 남자는, 개찰구를 나와 짧은 계단을 분주히 내려오는 인파—말하자면 나도 그 가운데 있었지만—쪽을 향해 턱을 쳐들고 감정을 듬뿍 실어 무언가를 큰 소리로 말하고 있었다.

…… 아.

위험한 사람.

순간적으로 그렇게 생각했을 대부분의 사람들이 그 사람을 아예 없는 존재인 양 취급하며 부자연스러우리만치 자연스럽게 그 곁을 지나쳐간다. 그럼에도 내가 따라하지 못한 까닭은, 워낙 내가 그런 일에 걸려들기 쉬운 타입이었기 때문이다. 그리고 또 한 가지, 나도 모르게 시선을 주고 만 그의 매끈한 계란형 얼굴이 왠지 낯설지 않았기 때문이다.

누구지?

아는 사람?

정말 아는 사람?

아니면 유명인?

유명인을 닮은 사람?

그냥 기분 탓인가?

그런 생각이 불과 2, 3초 사이에 연달아 떠오르고, 왜 그런지 눈을 뗄 수가 없었다.

홑꺼풀의 시원스러운 눈.

남자치고는 다소 작은 듯한 코.

얇은 입술을 열고, 크고 야무진 목소리로 무언가를 이야기하는 그가 점점 눈앞으로 다가온다…….

당연히 내가 다가가고 있어서이겠지만, 드디어 거의 근접한 순간, 나는 황급히 시선을 돌렸다.

후우—.

위험해, 위험해.

눈이라도 마주쳐서 뭔가 말을 걸어오거나 갑자기 얽혀드는 건 싫다.

그런데 신기하게도 실제로는 그다지 괴이한 인상만 받은 것도 아니다.

어쩐지 아는 사람인 듯한 느낌이 들어서였을까?

아니면 차림새가 의외로 건전해 보였기 때문일까?

여하튼 스쳐 지나는 순간, 그가 줄곧 입 밖에 내고 있는 말이 어쩐지 시구절 같다는 생각이 문득 들고, '그런가? 여기서 작품을 발표하고 있는 건가?' 라고 멋대로 추측했을 때, 비로소 그가 누구를 닮았는지 생각났다.

누구를 닮은 게 아니라 그가 바로 당사자가 아니었을까?

나와 같은 빌딩에서 근무하는 사람—가메야마 기획 사람.

가메야마 기획은 작은 광고 회사이다.

내가 근무하는 전기 메이커 서비스 사무실과 같은 층에 있다. 하지만 그 이상의 가까운 사이는 아니어서 그다지 자세히는 알지 못한다.

한 층에 세 개 업소가 입주하는 잡거빌딩 안에서 우리 층의 사무실 두 곳은 신축 때부터 쭉 비어 있었고, 쓸쓸한 듯 보여도 솔직히 무척 쾌적했다. 그러다 반년쯤 전, 가메야마 기획이 이사를 왔다. 그때, 빈 사무실을 하나 사이에 두고 있다고는 해도 이렇다 할 인사 한마디 없는 것은 좀 경우가 아니라며 우리 사무실 내에서는 화제가 되기도 했었다. 그래도 차츰 사원들 사이에 얼굴이 익다 보면 조금은 신변 이야기 같은 것도 나누게 되겠거니 생각하고 있었다.

그러나 더블 슈트 차림에 구레나룻을 기른 사람이 유난히 많은 가메야마 기획의 남자 직원들한테는 묘한 위압감이 감돌았고, 원색을 엄청 좋아하는 듯한 사복팀과 수수한 글렌체크 유니폼으로 몸을 감싼 여사원들도 하나같이 머리색이며 화장이 요란해서 왠지 가까이 하기가 어려웠다.

플로어 공용 여자 화장실의 세면대에 어느 때부터인지 멋대로 놓여 있던 티슈함에는 각 면에 '가메야마'라는 글자가 매직으로 휘갈겨 쓰여 있었고, 결국 우리 사무실의 여전사 시노부 선배를 화나게 만들었다.

"저거 당최 기분 나쁘지 않니?"라고.

안 쓰고 만다 너네 거, 라고 지금껏 뒤에서 수차례 욕을 했다. 따라서 그런 장소에서의 교류도 간신히 목례나 하는 정도였다.

게다가 엘리베이터에서 내리면 바로 보이는 그쪽 사무실에는 흥분 잘하는 상사라도 있는지 가끔 커다란 호통 소리가 들릴 때도 있어서, 우리는 "어쩐지 무서워, 저 회사." 하며 점점 경계하는 지경에까지 이르게 되었다. 말하자면 같은 층에 있는 것치고는 그다지 사이가 안 좋은 축에 속하는 회사였다.

다음날, 사무실에서 동기인 스가코에게 역 앞에서 본 일을 말했다. 그녀는 무엇보다 '시(詩)'에 관심을 갖는 눈치였다.

"시라니 어떤 건데? 색종이 같은 데 써주는 거?"

"특별히 색종이에 뭘 쓰는 것 같지는 않던데."

나는 대답하고, 그날 본 남자의 모습을 다시 떠올렸다.

'다시'이므로, 당연히 그의 모습을 떠올리는 것이 그때 이후 처음이란 말은 아니다. 처음은커녕 어제 저녁 집에 돌아온 이후로 수차례 그의 모습을 떠올렸던 것이 사실이다.

한가해서였을까?

아마도 그렇겠지.

혼자 생활하는 내가, 일요일에, 컴퓨터를 끼고 사는 오빠 부부

(인터넷 연애로 결혼) 집에 일부러 저녁을 얻어먹으러 갔을 정도 니까. 놀러 다니느라 바빠서 집에는 잠만 자러 기어 들어오는 그런 생활은 절대 아니다.

"아마도…… 빈손이었지."

나는 머뭇머뭇 덧붙였다.

그 남자 얘기였다.

맨 처음 그 사람을 봤을 때는 아무것도 손에 들지 않고 목소리 만 내고 있는 것이 이상한 광경으로 여겨졌는데, 얼굴을 확실히 보고 게다가 누차 반복해서 이미지를 떠올리는 사이, 그것은 아 무래도 좋은 일이 되고 말았다. 오히려 많은 인파에 맞서 꼿꼿 이 얼굴을 들고 빈손으로 시를 암송하는(이 표현을 내 스스로 생각 해냈을 때는 너무 딱 들어맞는 느낌에 한동안 으쓱해 있었다) 그의 모 습은 내 안에서 점차 늠름함을 더해갔다.

"뭐야, 빈손으로 시를? 이상한 사람이네."

스가코는 다소 기분 나쁘다는 듯이 말하고, 콧잔등을 잔뜩 찌 푸렸다.

"그런가?"

"응. 이상하잖아."

단호한 대답에 나도 약간 풀이 죽었다. 역시 그런가?

그렇지만 '이상하다'는 것은, 좋게 말하면 개성이 있다는 것 아닐까? 게다가 스가코는 현장을 목격하지 않았다. 그렇다면 그의 늠름한 모습도 상상하기 어려울 테고.

그렇게 서서히 마음을 고쳐먹으면서, 연이어 걸려오는 전화를 받고, 컴퓨터에 전표를 입력하고, 연식이 상당히 오래된 워드프로세서를 수리 맡기러온 중년 여성을 응대했다.

고향에서 400킬로미터 이상 떨어진 도쿄의 전문대학을 졸업한 지 벌써 5년하고도 몇 개월이 흘렀다.

2

가메야마 기획의 대체 어떤 사람이, 역 앞에서 시 같은 걸 읊고 있었을까?

이윽고 점심시간이 되어 그 일이 화제의 중심에 올랐다.

어떻게 생긴 사람이냐는 물음에 제대로 설명할 수는 없었지만 업무 중의 소곤거림만으로는 도저히 전달할 수 없었던 특징이며, 이제까지 빌딩 안팎에서 우연히 마주쳤을 때의 정보를 전부 피력했다.

"아! 그 사람, '전하(殿下)'로 불리는 사람 아닌가요? 전하예요, 그 사람."

동석한 세 사람 가운데 가장 나이 어린 츠보이 씨가 크게 고개를 끄덕이면서 입을 뗐다.

"전하, 라고?"

나는 다소 기가 죽어 물었다. 유감스럽게도 나는 그가 그런 호칭으로 불리는 자리에 있었던 적이 한 번도 없었다.

"없어요? 나는 있어요. 엘리베이터 안에서."

츠보이 씨는 시원스레 대답하고 나서, 볼륨 마스카라로 한층 두껍게 칠한 멋진 속눈썹을 파닥였다.

"확실히 그렇게 불렸던 것 같은데. 전하. 그래, 틀림없이 전하예요."

"그래, 전하란 말이지."

내가 말했다.

"싫다 싫어. 시인에, 전하에, 최악이야."

아까 그를 '이상하다'고 결론 내린 스가코가 천박한 소리로 야단스럽게 얼굴을 찌푸리기에, 솔직히 문과(文科)를 동경하는 경향이 있는 나는 완곡하게 불만을 말했다.

128

"시인은 괜찮잖아, 시인은."

"안 괜찮아."

그녀가 즉각 잘라 말하는 데는, 아무리 친구라 해도 다소 기분이 상했다. 그래도 일단은 웃으면서 노려보는 정도로 끝냈다.

"혹시 전하라는 사람, 마음에 두고 있는 거예요? 의외로 수수하게 생겼던데."

멋진 속눈썹의 츠보이 씨가 느긋한 어조로 신기하다는 듯이 말하기에 나는 황급히 부정했다.

"무슨, 아냐 아냐."

하지만 어쩐지 속 들여다보이는 태도가 아니었을까.

그러는 와중에 아까부터 무슨 생각이라도 하는 것처럼 가지 토마토 파스타를 묵묵히 입으로 가져가던 최고 연장자 와다 씨가 묘하게 근본적인 의문을 던졌다.

"그거 정말 시였어? 그 사람이 떠들던 것."

"글쎄요. 그게…… 어쩐지 그런 것 같은데."

나는 갑자기 주눅이 들어, 기어 들어가는 목소리로 말했다.

그게 정말 시였을까?

오후 업무가 시작된 이후에도, 나는 왜 그런지 그 의문을 계속

붙들고 있었다.

확실하게 귀에 남아 있는 건, 몇 마디 말이나 글귀의 단편뿐이었다. 그것을 시였다고 주장할 만큼 강력한 근거는 어디에도 없었다. 다만 그때 그 자리에서 시처럼 느꼈던 것은 사실이고, 결국 당사자를 만나 확인해보지 않는 이상 알 수 없는 일이란 생각도 들었다.

"그러니까, 만나서 이야기해보고 싶다는 것 아냐."

시인을 완전히 무시했던 스가코가 또다시 밉살스럽게 말했다. 3시의 티타임에 둘이 차를 타러 갔을 때였다. 파란 파티션으로 칸막이를 한 급탕실은 플로어 공용은 아니고 사무실 안쪽에 있었다.

"시라고 생각했는데 시가 아닌 것 같다니. 대관절 시가 아니었다면 뭐지? 역 앞에서 망상인가 뭔가 떠드는 거? 그래도 일단 회사원이잖아, 그 사람도. 그렇다면 그런 애먼 짓은 하지 않지, 대개는."

"그러게 말이야."

나는 스가코의 우정 넘치는 말에 매달리듯이 동조했다. 역시 그는 시인인 것이다.

"역시, 그것 말고는 없지?"

"응, 없어."

그녀는 간단히 수긍하고 가볍게 코를 울렸다. 그러면서 콧잔등을 한껏 찌푸리고는 "실은 뭔가 벌칙 게임인지도 모르지." 하고 장난스럽게 덧붙이며 하얀 손끝으로 내 어깨를 가볍게 툭 쳤다. 그것이 뭔가의 계기가 되었을까. 그 이후 '전하' 라는 말에 온전히 민감해질 수 있었다.

더구나 전기 메이커 서비스 사무실에 근무하다 보니, 이제는 전하가 아닌 '전화' 라는 말만 들어도 그를 지칭하는 것 같아 가슴이 철렁 내려앉곤 했다.

그런데도 정작 중요한 전하라는 그 사람은, 신경 쓰면 쓸수록 도무지 눈앞에 나타나주질 않았다. 같은 층에 근무하고 있을 터이므로, 매일은 아니어도 이틀에 세 번 정도는 얼굴을 마주칠 수 있으련만⋯⋯.

사실 이것도 이전에 그와 우연히 하루에 세 번 정도 마주쳤던 기억을 억지로 되살린 내 멋대로의 계산이다. 그러고 보니 가메야마 기획 사람치고는 얌전해 보이고 느낌이 괜찮았다고, 딱히 인사 이외의 말은 주고받지도 않은 주제에 은근히 흡족한 기분에 젖었다.

다시 말해, 그 무렵부터 그의 외모에 조금이나마 호감을 품고 있었다는 의미도 된다. 하지만 유감스럽게도 당시에는 우리 사무실 내에서 가메야마에 대한 평이 최악이던 시기여서, 그처럼 느낌 좋아 보이는 사람이 실은 성격이 가장 나쁠지도 모른다며, 좀더 신중해지자고 내 스스로 경계하는 바였다.

물론 경계는 했어도, 워낙 간단한 인사 정도만 나누는 사이였기 때문에 표면상으로는 아무것도 달라질 게 없었다. 그래도 지금 생각하면, 절대 그 이상 가까이 하지 않겠다고 마음에 벽을 만들어버린 것은 정말 잘못된 일이었다.

잘못이었다.

어리석었다.

생각이 얕았다.

라고 한껏 질척질척한 감정을 안은 채, 겉으로는 백 퍼센트 평정을 가장하여 더운 날씨에 바깥심부름도 솔선하여 맡았다. 후배한테 빼앗아서라도 일을 맡아, 등을 곧게 펴고 엘리베이터 앞에 서면, 바로 뒤에는 가메야마 기획의 문이 있었다.

매일 그런 식으로 노력하는데도 기대하는 그 사람과 마주칠 수 없는 까닭이 무엇일까?

마주치기는커녕 아무리 눈에 불을 켜고 걸어도, 멀리서조차 그의 모습을 발견할 수 없었다.

더 이상 만나지 않는 편이 낫다는 신의 뜻인가?

어지간히 안 맞는 인연인 걸까?

아니면 그가 어디 출장이라도 가버린 걸까?

사흘째에 접어들 즈음, 나는 부쩍 초조해지기 시작했다.

'이럴 바엔 차라리 가메야마 기획 사무실에 직접 들어가 그를 불러내는 편이 속 시원하겠다.'

어느덧 그런 생각을 하고 있는 내 자신에게 조금 겁이 났다. 물론 나타날 때까지 지키고 기다려보는 방법도 있었으나 어쩐지 그건 아닌 것 같았다. 그날 그 역 앞에서 우연히, 불과 10센티미터 정도의 거리를 두고 스쳐 지난 우리였으니까.

이렇듯 내 안에 있는 그의 이미지는 점점 미화되어 거의 왕가위 영화 수준이었다. 슬로 모션(Slow Motion)&소프트 포커스(Soft Focus).

어쩌면 그는 이미 어딘가 먼 지역으로 전근 갔을지 모른다고, 내 멋대로 상상하고 슬퍼하면서 화장실에서 꾸물꾸물 용변을 보고 있는데, 세면대 쪽에서 마침 문제의 전하에 대해 이야기하는 여자들의 목소리가 들려왔다.

"전하 말야, 그 사람 또 사장님 열 받게 했잖아."

기차역에서 고향 사투리라도 듣는 듯한 심정으로, 전하의 근황에 귀를 기울였다. 어쨌든 회사에는 꼬박꼬박 나오는 모양이었다.

화장실에서 나오자 이미 아무도 없었다. 세면대 주변에 '전하'라는 단어가 흩어져 있는 듯한 기분이 들어 조심스럽게 주워 모았다.

갑자기 그를 매일 만나고 있을 여직원들이 미워졌다. '가메야마, 가메야마, 가메야마, 가메야마'라고 각 면에 갈겨 쓰여진 티슈박스에 살짝 손을 뻗어 두 장쯤 빼내 썼다.

3

금요일, 드디어 그를 만났다.

집념으로 인해 얼굴이 갈수록 무서워진다며 동기인 스가코가 잔뜩 놀리는 바람에 틈날 때마다 거울 앞에서 자연스러운 미소를 연구했다. 때문에 언제 어디서 만나도 문제없으려니 생각했다. 그러나 막상 닥치고 보니 역시 긴장이 되었다.

자세히 보았더니, 다른 얼굴이면 어쩌지?

물론 내 얼굴이 아니라, 그 사람의 얼굴이.

저녁 무렵, 우체국을 다녀오는 길에 현관홀에서 아주 조금 안쪽으로 들어가보았다. 마침 타고 갈 엘리베이터가 없어서, 라는 것을 내 자신에 대한 작은 핑계로 삼았지만, 만약 있었대도 같은 행동을 했을지 모른다.

그는 빌딩 뒤쪽 현관의 화단가에 멍하니 앉아 있었다.

반소매 와이셔츠에 적갈색 페이즐리 넥타이를 매고…… 혼자였다.

겨자색 타일로 덮인 화단 가장자리는 사람이 아무 무리 없이 걸터앉을 만한 깊이와 나란히 네다섯 명이 앉을 만큼의 폭이 있고, 그 앞에는 원통형 은색 재떨이가 하나 놓여 있다.

이 빌딩 안에도 꽤 있지 싶은 금연 사무실의 스모커들이 그곳에 휴식하러 오는 모습을 종종 보지만, 그는 담배를 피우지는 않았다. 이미 피운 후인지도 몰랐다.

한쪽만 열려 있는 여닫이 유리문을 열고 뒤쪽 현관을 빠져나가자, 그저 멍하니 앉아 있는 것 같았던 그가 문득 얼굴을 들었다. 빌딩 밖 골목 끝에 있는 볼링장 앞에는 자판기에 콜라를 보충하는 파란 트럭이 서 있었다.

"안녕하세요."

밝은 목소리로 말을 걸었다.

"안녕하세요."

그도 가볍게 표정을 누그러뜨리며 말했다.

평소 같으면, 그저 이것으로 커뮤니케이션은 끝이었다.

"저기……."

그가 다시 멍한 모습으로 돌아가려했기에, 나는 황급히 말을
이었다.

그는 좀 놀란 눈치였다.

"네."

기분을 새롭게 하려는 듯이 대답하고, 다시 부드러운 표정이
되었다.

"담배?"

라고 묻기에 아니라고 고개를 연거푸 옆으로 흔들었다. 담배
는 고향의 시립고등학교에 다닐 때 일주일 동안 정학을 맞은 이
후부터 피우지 않았다.

"일요일, 역에 안 계셨나요?"

나는 단도직입적으로 물었다. 오빠네 집이 있는 역 이름을 대
자, 그는 "네, 네." 하고 나를 올려다보면서 질름질름 고개를 끄

덕였다.

"복장이 캐주얼해서 처음에는 잘 몰라봤는데……."

"네, 네."

"모자도 쓰고 있어서……."

"네, 네."

"시였죠? 그거."

"네."

이번에는 부드럽게 한 번만 대답했다.

아주 잠깐 2, 3분이라고 시간을 정해놓고 화단가에 나란히 앉았다.

사장이 화난 것 같아서, 살그머니 이리로 피난 왔노라고 그는 장난스럽게 털어놓았다. 자연스럽게 손을 올려놓은 회색 바지에는 정중앙에 깔끔한 다림질 선이 나 있었다.

"사무실에서 가끔 고함을 치시던 분, 역시 사장님이신가요?"

사실상 지금은 아무래도 좋을 만한 일을, 나는 일단 확인해두었다.

"네."

그는 고개를 끄덕이더니,

"좀 시끄럽죠?"

라고 힘을 실어 말했다.

"약간."

손끝 제스처를 곁들여 대답하자, 후후, 하고 어쩐지 고소하다는 듯한 웃음소리를 냈다. 가메야마 기획이 같은 층으로 이사온 지 벌써 반년이 되어가는데 이 정도의 대화는 일찌감치 끝냈어야 하지 않을까?

"이렇게 도망 나와도 괜찮아요?"

내가 물었다. 본의 아니게 말끝이 좀 지나치게 달콤하다 싶었지만, 그는 신경도 쓰지 않았을 테지. 산뜻하게 자른 짧은 머리를 왼손으로 재빨리 쓸어 넘기며 그가 시원스레 대답했다.

"네, 괜찮아요."

생김새와 마찬가지로, 매끈매끈한 인상의 팔과 손에는 시계도 반지도 끼워져 있지 않았다. 사람에 따라서는 그저 펀펀하다고 여길지도 모를 그의 얼굴에, 나는 무척 호감이 갔다.

그러고 나서 '시' 이야기를 조금 했다.

정확히 말하면, 그가 시를 읊었던 것에 대한 이야기였다.

몇 달에 한 번씩, 그런 식으로 자작시를 읊어보는데 좀처럼 발을 멈추는 사람이 없다고 했다. 사람 통행이 많은 역 앞에 서 있었던 것은, 특별히 무슨 벌칙 게임 때문은 아니었으며(이 부분은 내가 농담처럼 묻고, 심하네요, 라고 그가 웃으면서 대답했다), 자기 계발이니 뭐니 하는 세미나도 아니었다고(이 예는 그가 직접 들었다) 했다.

그의 집은 오빠네 집이 있는 그 역이 아니라, 좀더 교외로 들어간 역이라고 했다. 일부러 멀리 나온 이유는, 그쪽이 사람이 많은 데다 아무래도 집 부근은 좀 쑥스럽기 때문이라고.

'의외로 한심한 일이네요, 그거.'

그런 말이 나오려는 것을 간신히 참았다.

어쨌든 그 한심한 일 덕분에 나는 그를 볼 수 있었으니까.

이야기가 어느 정도 무르익은 탓에 상대를 부를 호칭이 필요해지고, 그제야 서로의 이름을 말했다. 그의 이름은 '사쿠라이 겐스케'이고, '전하'는 사내 여직원이 멋대로 붙인 별명이라고 했다. 특별히 경영자 가족이라든지, 그런 의미는 일절 아니라는 이야기였다.

약속한 2, 3분이 지났고 나뿐 아니라 그도 함께 자리에서 일어났다.

같은 엘리베이터를 타고 같은 층으로 돌아와 각자의 사무실로 향했다. 자리에 앉자마자 동기인 스가코에게 보고하려는데, 도대체 어디에 스파이가 숨어 있었는지 요상한 콧소리를 내며 말했다.

"이미 다 알고 있어."

해파리

미　연

"내 경우, 각기 다른 연인이 각기 다른 나를 끌어내준다고 느껴, 나는 하나가 아니니까,
지금까지 밖에 나올 기회가 없었던 내 안의 일부분이 상대에 의해 끌려나오는 거야,
자못 기쁜 듯이 말이지, 그런 기회가 아니면 절대 나올 순번이 주어지지 않으니까."

미연

서울 출생. 국립 서울산업대학에서 디자인을 공부. 1988년 프랑스로 건너가 파리에서 사진을 공부한 후, 1990년에 일본으로 건너감. 개인전 『형태가 있는 거리』, 『EXISTENCE』, 『EXISTENCE·Erigeron canadensis』, 『I was born 서울·파리·도쿄』, 『2살의 순간』을 개최. 2001년 첫 소설적 에세이집 『I was born 서울·파리·도쿄』 출간.

그는 룸미러에 손을 뻗어 아주 살짝만 움직여 각도를 잡았다.

순간, 룸미러 위로 그의 얼굴이 비쳤다.

그녀는 이 발상에 놀라지 않을 수 없었다. 말하자면 룸미러의 각도를 바꿈으로써 운전석과 조수석의 두 사람이 서로의 얼굴을 볼 수 있다는 발상이며, 그는 그 정확한 각도를 알고 있었다. 더구나 한참 질주하는 중에 그 일을 한 것이다. 룸미러는 어쩔 수 없이 본래의 역할을 포기하고 다른 역할을 맡게 되었다.

자신을 보고 있는 상대의 얼굴이 보이는 거울.

그녀는 거울 위로 그를 바라보며, 그의 눈에 비치는 그녀 자신의 표정을 살폈다. '무표정'이라는 표정을 짓고 있었다. 그녀는 시선을 앞쪽으로 돌리고, 그는 오른손으로 기어를 변속했다.

그녀는 창밖을 바라보았다.

어디를 달리고 있는 걸까. 낯선 거리가 펼쳐져 있다. 듣도 보도 못한 거리가 눈앞에 펼쳐지더니 뒤쪽으로 사라져갔다.

그녀는 처음 만난 남자의 차를 타고 이동 중이다. 행선지가 어디인지는 알지 못한다. 차창 너머, 빠른 속도로 되감기는 풍경이 하얗게 흘러간다. 낮게 떠 있는 구름의 움직임은 믿을 수 없을 만큼 빨라서, 마치 달리는 차와 함께 이동하는 것처럼 보인다. 차의 속력을 의식하듯이 질주하고 있다. 그녀에게는 자동차의 안과 밖이 모두 비현실적으로 느껴졌다.

좌석벨트로 고정된 그녀의 몸은 거리 속을 질주하고, 바로 곁에 낯선 남자가 있다. 그 남자가 조종하는 차 안에 그녀가 있는 것이다. 두 사람은 지금 말 그대로 운명공동체이며, 거기에 구름이 가세하고 있다고 그녀는 생각했다. 그녀는 이 감각을, 이 공기의 감촉을 맛보고 있었다. 그녀는 자기 몸이 수축 이완하며, 체액의 순환이 활발해지는 것을 느꼈다.

세상의 한가운데를 달려나가는 자동차 안에서, 두 사람은 보고 보이기를 되풀이하고 있다. 자신이 어떤 표정을 짓고 있을지 의식하면서.

연애는 이제 됐다고, 그녀는 바로 어제, 친구인 카미에게 이야기했다. 만약 한다면 계약 연애라는 말과 함께.

그녀는 어제 카미의 가게로 향하던 중이었다. 매일같이 발걸음하는 가게지만 어제는 평소와 달리, 오늘 중으로 가게에 꼭 들러달라는 카미의 연락이 있었다.

그녀는 화가로, 패션 디자이너를 꿈꾸는 학생들에게 일주일에 두 번, 일러스트를 가르치고 있다. 그 일터로 사용하고 있는 그녀의 아틀리에는 카미의 가게, 카페 '서바이벌'에서 도보로 10분 거리에 있었다.

그녀는 아틀리에 앞의 가파른 비탈길을 끝까지 올라가 왼쪽 모퉁이에 자리한 카페 앞에 섰다. 그리고 평소의 버릇대로 잠시 동안 그 건물과 마주했다. 등 뒤로 4차선 도로를 오가는 자동차의 스피드를 느끼면서.

카페 서바이벌은 8월의 오후 2시 햇살을 받고 있었다. 태양은 하늘 중심에 정확히 떠 있다는 느낌으로, 바로 위에서 모든 만물을 균등하게 비추고 있었다. 2층 건물의 외벽은 스카이블루색으로 칠해져 있고, 그 위에 다소 만화적인 느낌이 나는 굵직한 핑크색 글자가 가로로 돋을새김되어 있다.

'SURVIVAL'이라고.

어서 오십시오. 비탈길을 올라 용케 찾아오셨습니다. 살아간다는 일이 그리 녹록하게 여겨지지 않는 것은 지극히 당연한 일입니다. 바로 그렇기 때문에 살아갈 수 있는 것입니다. 잠시 동안 시간을 멈추어둡시다. 자, 안으로 들어가 잠깐 휴식.

건물을 마주하고 있노라면, 마치 그러한 음성이 들려오는 것 같았다. 도시 한가운데에 있으면서도, 이 외벽은 왜 그런지 그녀를 그리운 기분에 젖게 한다. 하하하, 웃어넘기고 싶어질 만큼 가볍고, 그러면서도 깊은 유머가 묘사되어 있다고 그녀는 생각했다. 그리고 그 안에서 안도감을 느꼈다.

'SURVIVAL' 에 초대받아 문을 넘었다. 정면에, 그녀가 손수 그린 목탄 스케치가 걸려 있었다. 그녀는 실내를 획 둘러보고, 왼편의 주방과 가장 가까운 테이블에 앉았다.

그녀가 앉은 자리에서는 반대편 플로어 벽에 장식된 유화가 곧장 바라보이는데, 이 두 점이 카미가 가게에 장식하고 싶다며 고른 그녀의 그림이다. 카미의 가게는 런치타임이 끝나고, 손님은 커플 한 쌍뿐이었다.

"계약 연애?"
카미는 무척 의외라는 듯한 얼굴을 했다.

"그렇게까지 놀랄 일이야?"

"네 얼굴도 놀라고 있잖아."

"그야, 너의 놀라는 얼굴에 놀란 거지."

카미의 가게에 발걸음한 지 12년. 상대의 얼굴을 보면 지금의 내 얼굴을 알 수 있다. 내가 지금 어떤 얼굴로 나라는 존재를 표출하고 있는지, 카미의 얼굴이 가르쳐준다.

그녀는 다리를 고쳐 꼬다가, 그 김에 팔짱도 꼈다.

"무엇 때문에?"

카미가 물었다.

"진지해지는 게 버거우니까."

그녀가 대답했다.

"진지해지지 않으면 아무것도 얻을 수 없어."

"거리의 문제야."

마지막 한 팀이 계산을 마치고 가게를 나갔다. 카미가 버번을 몇 방울 떨어뜨린 커피를 가져왔다. 주방장이기도 한 카미의 오빠가 손님들이 앉았던 테이블을 정돈했다.

"타인이라는 낯선 문화와 사귀는 것이므로 결코 간단한 문제가 아니지. 사람은 모두 자기 자신이라는 문화를 갖고 있으니까 말이야."

카미는 그렇게 말하고, 커피잔을 들어 올려 한 모금 마셨다.

"연애와 사랑의 온도 차라고 할까, 점점 더 모르겠어. 결국에는 누가 됐든 타격을 입고 후유증을 앓기 십상이고."

어째서 이야기가 이런 방향으로 흐르게 되었는지. 카미가 여름휴가를 가겠다고 말을 꺼냈기 때문인지도 모른다.

카미는 1년에 네 차례, 휴가를 얻어 파도를 탄다. 철마다 장소를 바꿀 뿐 아니라, 가는 곳마다 연인이 있다. 만나고 싶을 때 바로 만날 수 있는 것은 아니고, 만났다 해도 고작해야 일주일. 그런 남자가 카미에게는 여럿 있지만, 그 한 사람 한 사람이 정말로 좋다고 카미는 말한다.

"여러 명을 동시에 좋아할 수 있다니……."

그녀의 말에, 결코 동시는 아니라고 카미는 대답했다. 그 장소에 가면 그 남자는 하나뿐이라고.

"내 경우, 각기 다른 연인이 각기 다른 나를 끌어내준다고 느껴. 나는 하나가 아니니까. 지금까지 밖에 나올 기회가 없었던 내 안의 일부분이 상대에 의해 끌려나오는 거야. 자못 기쁜 듯이 말이지. 그런 기회가 아니면 절대 나올 순번이 주어지지 않으니까."

"사람을 통해 여러 면의 자신을 알게 된다?"

"그래. 사람을 통하지 않으면 나 자신을 알지 못하겠지."

"타인이 나를 비추는 거울?"

"지금의 나는 이렇다고 상대가 가르쳐주는 거야. 계절과 기후는 순순히 받아들일 수밖에 없잖아? 그것과 마찬가지야. 뭐, 어찌됐든 자연체로 있을 수 있다면 가장 좋지. 계약 연애의 반대라고나 할까?"

"그래. 계약 연애는 의도적이지만 냉정해질 수 있어. 계약 변경 때마다 자신의 마음과 새롭게 마주할 수 있고, 출구에서 타격을 입지 않도록 각오도 할 수 있어."

"이런 이런. 그렇다고 입구에서 바라보고만 있어서야⋯⋯. 내 입으로 말하기는 뭣하지만, 낯선 문화는 그 안으로 들어가지 않는 한 언제까지라도 낯선 문화일 뿐이야. 인간은 자신이 할 수 없는 일을 동경하기 마련이잖아. ⋯⋯ 그건 그렇고, 좋은 소식이 있어."

카미의 얼굴에 미소가 확 번지고, 그 미소가 두 손바닥 위에 놓였다.

그녀는 버번이 들어간 커피를 비웠다.

"좋은 소식이라니 기분 좋은걸. 정신적? 아니면 금전적?"

"으음, 어느 쪽일까⋯⋯? 네 그림을 사고 싶다는 사람이 나타

낳어. 그 몸통 긴 여자 누드."

"와우! 그럼, 금전적인 거네."

"꼭 그런 것만도 아니지. 금전이 정신을 구원하는 경우도 드물지 않으니까."

"구원받고 싶은 듯한……."

"몸이 길어 섹시하다더라. 나는 처음 알았어."

"목에서 허리까지의 뒷모습 말인데, 나는 등의 오목한 부분이 예쁘고, 라인이 길게 뻗어나가는 것을 좋아하나봐. 그리다보면 나도 모르게 길어져버리거든."

"그 그림을 탐내는 사람은 연극 연출가인데, 이 건너편의 연극학교에 이따금 오는 모양이야. 그 사람, 아무래도 그림 속에 있는 너한테 많이 끌리는 눈치였어. 안쪽의 남자 초상화에도 흥미를 보였지만, 결국 사려고 마음먹은 건 그 스케치거든. 한번 만나봐."

"내 자신의 다양성을 알기 위해?"

"타인이라는 낯선 문화의 일각을 알기 위해."

눈을 뜨면 보이는 세계. 분명 보고 있었을 텐데, 본 것이 떠오르지 않는다.

카미의 가게에 드나드는 사람이라면 누구나, 특별히 주의를 기울이지 않아도 잘 볼 수 있는 위치에 그녀의 스케치가 장식되어 있고, 이미 많은 사람이 그것을 보고 있을 터였다. 혹은 보이긴 해도 보고 있지 않았거나.

남자는 카페 서바이벌의 문을 들어선 순간, 그것을 보았다. 그의 눈에 맨 처음 들어온 것이 그녀의 스케치였으며, 그 스케치가 그의 눈에 보이는 세상의 전부가 되었다.

그것은 그로서는 처음 경험하는 일이었다. 여성의 뒷모습을 목탄으로 강약을 살려가며 부드럽게 그려낸 단순한 스케치에서, 그는 작자의 존재를 강하게 느꼈다. 마치 작자 본인이 눈앞에 있는 듯한 느낌 혹은 그 이상의 뭔가가 있었다. 그것은 강렬한 작자의 분신이었다.

그는 가게 안의 우측 테이블로 가서, 시야 왼편으로 스케치가 보이는 의자에 앉았다. 플로어 우측 벽의 중앙에도 자그마한 유화가 장식되어 있었다. 그것은 다소 흐릿한 색감의 남자 얼굴로, 목탄 스케치의 것과 동일한 사인이 오른쪽 밑에 있었다.

카미는 커피잔을 쟁반에 얹어 그의 테이블로 향했다.

두 사람은 가게 안을 둘러보고, 벽에 걸린 그림을 바라보면서 한동안 이야기를 나누었다.

그는 다음날 정오에 다시 카페 서바이벌을 찾았다.

학생인 듯한 일행 셋이 들어오고, 그중 한 명이 카미를 향해 가볍게 손을 들어 보였다. 가게와 어슷하게 마주 보이는 연극학교의 학생들인 모양이다. 카미는 그들에게 미소를 보내고 일어났다. 그리고 플로어를 지나, 주방을 L자형으로 에워싸고 있는 카운터 앞에 섰다.

돌아온 카미는 손에 하얀 봉투를 들고 있었으며, 그것을 그녀에게 내밀었다.

"이거, 그 사람이 맡긴 거야."

"그 사람이라니?"

"왜, 조금 전에 말한, 네 그림을 사겠다는 사람. 그 사람이 집에 돌아가서 열어보라고 했어."

그 봉투는 3시간 전에 그가 카미에게 건넨 것이었다.

그녀는 12시 30분에 상영하는 영화를 보기 위해 집을 나섰다.

카미한테서 전해 받은 봉투 안에는 지정석 티켓이 딱 한 장 들어 있었는데, 흥미라기보다는 호기심이, 그녀를 영화관으로 향하게 만들었다.

그녀는 티켓에 표기된 대로 중간 열 좌측에서 두 번째 자리에 앉아 상영관 안의 모습을 바라보았다. 좌석은 점차 메워져 거의 꽉 찼으나, 그녀의 왼편 통로 쪽 자리는 여전히 비어 있었다. 스크린의 커튼이 걷히는 동시에 전등이 꺼지고 어두워졌다.

예고편이 끝나고 화면 위에 본편의 타이틀이 가로로 나열되었을 때, 그녀는 왼쪽 옆자리에 앉는 남자의 기척을 느꼈다. 그녀의 몸은 전혀 움직이지 않았으나, 그는 그녀의 의식 속에 자리 잡았다.

어둠 속에서 두 사람은 각자 다리를 꼬고, 꼰 다리를 다시 풀고, 팔짱을 끼고, 낀 팔짱을 다시 풀고, 등받이에 기대었다가는 다시 고쳐 앉았다.

영화가 끝나자 사람들은 느릿느릿 일어나 출구로 향했다. 실내에 께느른한 공기가 감돌았다. 영화 내용이야 어떻든, 이제 막 보고 난 하나의 이야기가 아직 몸에 남아, 갑자기 현실로 내몰리는 것에 저항했다. 점등된 불빛만으로도 눈이 부신데, 한층 더 눈부신 태양빛과 직면하자니 시간이 필요했다. 특히 이번 영화는 곧바로 현실로 돌아오기가 사뭇 어렵다고 그녀는 생각했다. 그러나 그녀는 줄줄이 이어지는 제작 스태프의 이름을 읽어내는 일 없이 자리에서 일어나, 출구를 향해 어두운 통로를 올라갔다. 남자가 그 뒤를 따랐다.

　밖에 나오자 남자는 그녀를 리드했다. 그의 코에는 안경이 걸려 있었고, 그의 눈이 그 속에서 눈부시다는 듯한 표정을 지었다. 그녀는 그의 자동차 조수석에 올랐다.

　좌석벨트를 매고, 등받이에 몸의 무게를 맡겼다. 어쩐지 비행기 좌석벨트를 매고 있는 것 같은 감각이었다. 이제부터 시작되는 길고 긴 미지의 여행을 위해 몸을 고정시키는 듯한, 그런 느낌이었다. 차는 달리기 시작하더니 도심을 미끄러져 나갔다.

　터널을 빠져나가, 도시의 큰 강에 놓인 다리를 건너기 시작했을 때 그는 룸미러를 향해 오른손을 뻗었다.

　"언젠가 본 풍경을 다시 한번 보고 싶었던 적이 있습니까?"

　그녀는 대답하지 않았다. 할 말이 떠오르지 않았다.

　그는 말을 계속했다.

　"종종 차를 달립니다. 언젠가 어딘가에서 보았을 풍경을 찾아 달리는 거죠. 그 풍경은 보았을 당시보다 훨씬 더 선명하게 내 안에 깃들지만, 본 장소를 기억하지 못합니다. 따라서 그 풍경과의 재회는 우연이 되겠지요."

　차는 샛길처럼 좁은 2차선 도로를 달리고 있었다. 반대 차선에서 마주 오는 차량의 운전석에 수염을 깎고 있는 중년 남자가 보였다.

"위험하네요."

그녀가 중얼거렸다. 그는 알아차리지 못한 모양이었다.

중년 남자를 태운 차는 뒤쪽으로 달려가고, 그녀가 내뱉은 말만 차 안의 공중에 매달렸다.

"어느 때 문득 생각이 났습니다. 어쩌면 그것은 공상의 세계, 혹은 꿈속에서 본 풍경이 아닐까 하고. 정말 내 눈으로 그 풍경을 보았을까 하고."

차는 다리를 몇 개 건너 도시를 벗어났다. 눈 아래 보이는 강은 잔잔하고 거의 표정이 없었다. 그는 대답을 구하지는 않았다. 앞쪽으로 시선을 고정시킨 채 혼잣말처럼 이야기했다. 마치 풍경에 동반되는 내레이션처럼.

그의 목소리 톤은 조금 전에 본 영화를 떠올리게 했다.

시대가 전혀 묘사되지 않은 그 영화는 세피아 모드에, 등장인물은 한 남자와 한 여자였다. 내레이션이 무성영화의 자막을 대신하는 양 전체의 흐름을 해설하고, 때때로 두 사람의 대사를 대변했다.

한 여자가 콘크리트를 친 휑한 공간을 천천히 걷고 있다. 벽에는 50년 전의 필름을 끄집어내어 프린트한 것 같은 일련의 인물 사진이 장식되어 있고, 여자는 그 앞을 걷고 있다. 걸음을 옮길 때마다 구두굽 소리가 공간에 울려 퍼진다. 사진은 모두 아크릴 액자로 장식되어 있다.

모든 사진의 피사체는 한 여성이다. 거의 같은 시기에, 일정한 근접 거리에서 찍혔을 것으로 짐작되는 사진 속 얼굴은 표정에 따라서는 30대로도, 40대로도, 50대로도 보인다고, 내레이션 목소리가 이야기한다.

여자는 천천히 중앙 벽에 다다르고, 한가운데 걸려 있는 커다란 사진 앞에 멈춰 선다. 그리고 그 앞에서 꼼짝하지 않는다.

테크닉이 모자란 저질 증명사진을 확대한 것처럼 초점 안 맞는 사진. 그 얼굴은 중성적인 데다 연령을 가늠하기도 어렵다. 눈은 초점을 잃고, 입은 어중간하게 벌어져 있다. 웃으려던 얼굴이 갑자기 웃음을 멈춰버린 것처럼 보이기도 하고, 혹은 눈물이 날 것 같은 자신을 억제하며 웃음을 지어 보이려는 것처럼 느껴지기도 한다. 그러나 결코 카메라를 의식하고 있다는 느낌은 아니다.

그 사진은 여자를 불안하게 만들고, 여자는 그 자리를 벗어나지 못한다.

'그런데……'

여자는 생각한다.

'이 사람은 대체 누구지?'

같은 사람의 얼굴을 줄곧 보고 다니면서, 여자는 그때서야 생각한다.

'이 사람, 어딘가에서 본 기억이 있다. 나는 이 얼굴을 알고 있다.' 라고.

그녀를 태운 차는 완만한 비탈길을 올라가고 내려갔다. 다음에 나타난 비탈길을 다시 올라 내려갔을 때, 스쳐 지나는 자동차의 운전자 모두 마치 약속이라도 한 것처럼 눈부시다는 듯한 얼굴을 하고 반사적으로 눈썹 위를 한쪽 손으로 가리고 있었다. 그리고 어찌된 셈인지, 그 모든 얼굴은 웃고 있었다.

그녀는 이 광경을 바라보며, 저도 모르게 미소를 지었다. 그가 룸미러 너머로 자신을 보고 있는 것 같았다. 그의 이야기를 안 듣고 있는 것은 아니었다. 그는 남성의 초상화에도 강하게 끌렸다고 말했다. 하지만 자신과 너무 비슷해서 곁에 둘 수 없다고 했다.

스케치의 모델은 그녀가 아니다. 스케치도 유화도 특별히 모델은 없다. 그렇지만 작자가 그 안에 있는 것은 확실하다. 또한 그것을 보고 느끼는 사람 자신도 그 안에 있다.

이 남자가 사는 곳에 자신이 그린 스케치가 장식될 것이다. 그는 매일 스케치를 바라보며, 이 만남은 필연이었다는 듯한 표정으로 그림 속의 그녀를 응시할 테지.

아무리 시간이 흘러도 그림을 파는 데는 익숙해지지 않는다.

그녀는 지금 자신이 올바른 장소에 있는 것일까 생각했다. 그러나 그녀는 이곳에 있고, 이 장소가 편했다. 이 공간은 기분 좋게 공허했다.

내레이터가 말한다.

—나는 때때로 이 안에 있다. 바닥을 알 수 없는 깊고 깊은 곳에 가라앉아……. 그런 때 나는 틀림없이 이런 얼굴을 하고 있다. 나는 안다. 내가 이런 눈을 하고 있다는 것을 안다. 초점이 맞지 않는, 무언가를 보고 있으면서 아무것도 보지 않는, 바로 이 얼굴이다.

사진 앞에서 움직일 수 없는 그녀. 문득 누군가 자신을 보고 있다는 느낌이 든다. 여자가 돌아보았으나 아무도 없다. 그러나 역시 누군가의 시선을 느낀다. 여자는 다시 한번 몸을 돌려 천천히 전시장을 둘러본다. 공간은 트여 있고 천장이 높다. 다만 입구 벽면의 왼쪽 절반은 천장이 낮다. 그쪽에 2층의 좁다란 통로가 보인다.

2층 통로의 막다른 방 문 앞에 검은 복장의 한 남자가 서 있다. 남자는 난간 앞에 선 채 마치 발코니에서 무대를 내려다보듯 전시장 안의 여자를 내려다보고 있다.

여자는 남자와 눈이 마주친 순간, 퍼뜩 정신이 들어 황급히 다음 사진으로 몸을 옮긴다. 그러나 이동하고 있는데도 조금 전과 아주 똑같은 사진이 여자 앞에 나타난다. 다음도, 그 다음도 눈에 보이는 모든 사진이 똑같은 얼굴이 되어, 여자를 비웃는 것처럼 보인다. 사진은 여자에게 다가왔다가는 멀어지고, 다시 다가온다. 여자는 어떡해야 좋을지 알 수 없다.

—그것은 당신이군요.

어딘가에서 그런 목소리가 들려온다.

천장에서인지, 2층에서인지, 아니면 눈앞의 사진 속에서 나는 소리인지 알 수 없다. 혹시 내가 나한테 하는 말인가?

정신을 다잡고자 여자는 빠른 걸음으로 접수대까지 걸어간다. 냉정해지려고 애쓰면서 방명록에 이름을 적으려 한다.

그런데 이름이 떠오르지 않는다. 자신의 이름이 생각나지 않는다. 자신이 누구인지 생각나지 않는다.

여자는 뛰쳐나오듯 전시장을 나온다. 건물을 나와 잠시 멈춰 서 있던 여자는, 이윽고 걸음을 옮기기 시작한다.

등 뒤로 사람의 기척을 느낀다.

돌아보니, 2층에 서 있던 남자가 눈앞에 있다. 남자는 카메라를 들고 있다.

―당신을 찍게 해주십시오. 당신을 찍고 싶습니다. 카메라를 통해 당신과 대화하고 싶습니다. 당신은 렌즈를 지배하고, 내가 누르는 셔터 소리는 당신을 지배합니다. 당신은 셔터가 눌러질 때마다 생각하겠죠. 나는 도대체 누구일까, 하고. 당신은 점점 체념 비슷한 해방감을 느낍니다. 당신은 카메라한테서도 자기 자신한테서도 서서히 해방되고, 필름은 그런 당신을 시시각각 조각낼 테죠. 어떤 당신이든 그 모두가 당신입니다. 촬영이 끝나면, 당신은 피로를 느낄 것입니다. 마치 기나긴 섹스가 끝난 후처럼.

여자는 다가오는 남자의 카메라 앞에서 움직일 수가 없다. 폭력적으로까지 여겨진 카메라 앞에서 여자는 엉겁결에 뒷걸음질 치고, 등이 벽에 부딪힌다. 콘크리트 벽에 몸을 맡긴 순간, 여자의 손에서 가방이 미끄러졌다. 여자는 사진 찍히고 있다. 여자는 시시각각 조각나고 있다. 여자는 자신이 점점 그 사진 속 얼굴이 되어가는 것을 안다. 방금 전, 갤러리 안에서 뚫어지게 바라보았던 그 얼굴이 되어가고 있음을.

여자는 아스팔트 위에 코트를 벗어 던졌다. 몸은 가벼워지고, 따뜻하고, 열려 있다. 여자는 웃기까지 한다. 이것은 자신이 아니라고, 내레이터가 말한다. 그러나 자신인 것이다.

두 사람을 태운 차는 교외를 달리고 있었다. 그는 어딘가에서 식사를 하자고 말했고, 그녀는 돌아가고 싶다고 했다. 멀리 보이는 하얀 불빛이 눈앞의 어둠을 한층 짙게 만들었다.

그는 그녀를 집까지 바래다주었다.

그녀는 레슨이 있는 이틀만 아틀리에에 나가고, 그 주의 나머지를 집에서 보냈다. 침대에 대충 드러누워 책을 읽고, 열어젖힌 창가에서 태풍이 만들어내는 풍경을 바라보았다.

심하게 불어대는 바람에 비와 나무들은 사선으로 춤추며 소리를 내고 있었다. 책의 글자를 쫓아도, 풍경을 바라보고 있어도, 그녀의 머리에서 영화 속 장면이 떠나질 않았다.

영화 속 주인공은 갤러리의 바깥벽에 기대어 눈을 감고 있다.

남자의 손끝이 여자의 얼굴에 닿는다. 여자는 화들짝 놀란 양 눈을 크게 뜨고, 황급히 코트와 가방을 주워 그 자리를 떠난다. 남자는 움직이지 않는다.

장면이 바뀌고, 두 사람이 각기 다른 장소에서 각자의 일상을 영위해가는 모습이 묘사된다. 그리고 그리 오래지 않아 남자와 여자는 자신이 상대를 원하고 있음을 깨닫는다. 두 사람의 그런 마음은 날이 갈수록 강해지지만, 자신이 원하는 그 사람이 누구인지 알 리 없다.

그로부터 2년 후, 남자는 같은 장소에서 다시 사진전을 연다. 이번에는 갤러리의 바깥벽에서 찍은 여자의 사진들을 내건다.

사진전을 개최한 지 일주일이 지난 오후, 갤러리 바닥 위를 걷는 여자의 힐이 클로즈업되어 비친다. 남자는 2층 난간 앞에 있다. 여자는 자기 자신의 얼굴 사이를 천천히 걸으며, 한 번도 멈춰 서지 않는다. 여자는 남자의 시선을 느끼고 있다. 갤러리 안에는 몇몇 사람이 사진 속의 여자를 둘러보고 있고, 여자는 그들의 표정을 잠시 바라본다. 그리고 2층을 향해 계단을 오르기 시작한다.

그녀는 아틀리에에서, 그리다 만 유화를 일주일 만에 바라보았다. 약간 떨어진 자리에서 그리고 아주 가까이에서. 문득 돌아보는 것처럼. 그때 아틀리에 문의 창틀 사이로 그의 얼굴이 비쳤다. 그녀는 작업을 중단하고 밖으로 나갔다.

그의 차는 아틀리에 앞에 멈춰 있었다.

"입술, 부은 건가요?"

차가 달리기 시작하고 그녀가 물었다.

"입술뿐만이 아닙니다만……."

그가 대답했다.

열이라도 났었냐고 물으려다 그만두었다. 입술 이외에 어디가 부었는지 물으려다 그만두었다. 그 대답을 듣는다고 해서 뭐가 달라지겠는가.

그러나 그의 부은 입술은 어쩐지 그녀 마음에 들었다. 부풀어오른 윗입술은 만나지 않고 지낸 그의 일주일을 말해주고 있으며, 어찌된 셈인지 그것은 그녀 안에서 해파리로 이어졌다. 그녀는 해파리처럼 헤엄치고 싶어졌다. 온몸이 비치는 얇고 납작한 해파리가 되어 한들한들 우아하게 헤엄치고 싶었다.

그녀는 언젠가 보았던 사진집을 떠올렸다. 바닷속 사회를 묘사한 그 책 속에서 해파리 페이지는 '수수께끼 같은 부유 물체'

라는 제목으로 시작된다. 본문 중에 이렇게 적혀 있었다.

'한없이 넓고 큰 바다를 비행선처럼 떠도는 생물체들이 있다. …… 파도에 흔들리고, 조수에 흘러가는 이 비행선들의 행선지는 대체 어디일까.'

차는 오로지 돌진하는 것밖에 모르는 생물처럼 달려나갔다. 룸미러에 비치는 그의 얼굴을 보는 게 점점 힘들어졌다. 달리기 시작하고 나서 꽤 많은 시간이 흘렀다. 차도 인적도 전혀 없다.

시간의 경과와 더불어 짙어지는 비의 기미.

이윽고 앞 유리에 굵은 비가 후둑후둑 떨어지고, 와이퍼가 움직이기 시작했다.

그녀는 목적지를 묻지 않았다. 그도 모르는 것 같았기에.

전조등이 비춰내는 검은 지면에 빗줄기가 부딪쳤다 튀어오르는 모습이 보였다. 연이어 생겨났다 사라지는 물방울은 지면에 리듬을 부여하고, 그 리듬이 눈을 통해 귀에 들려왔다. 빗줄기는 마치 건반 위를 달리는 무수한 손가락처럼 보였다. 반투명하게 빛나고 있었다.

이대로 계속 달려 빗줄기를 타고 하늘로 올라간다. 전조등에 비친 한줄기 비의 흐름을 타고 올라간다. 하늘까지 올라가면 차는 뒤집혀 달리려나.

그녀는 거울 위로 그의 시선을 느꼈다. 이 달리는 생물 안에서 보고 보이는 일을 영원히 되풀이할 것만 같다. 영원히, 계속 달릴 것 같다. 어딘가에 부딪히지 않으면 멈출 줄 모르는 생물. 적신호만이 잠깐 동안의 현실.

이윽고 차는 왼쪽으로 꺾어져 멈췄다. 그곳은 주차장이었다.

두 사람은 차에서 내려, 칠흑의 세상에 모습을 절반쯤 감춘 장방형 건물 앞에 섰다. 무기질의 느낌뿐인 건물 입구는 유리문으로 되어 있고, 그 옆벽에 'Yellow Sky'라고 적힌 작은 간판이 보였다. 두 사람은 안으로 들어갔다.

두 사람을 태운 엘리베이터는 천천히 올라가 15층에서 멈췄다. 문이 열렸다.

그곳에는 방이 펼쳐져 있었다.

"이곳이 종점이군요."

그녀가 말했다.

"그래요. 우연과 필연이 만나는 곳."

그는 재밌다는 듯이 웃었다.

엘리베이터에서부터 종방향으로 뻗어 있는 방은 왼쪽과 앞쪽이 유리로 되어 있고, 나머지 두 면은 벽이었다. 그리고 천장에 작은 창이 보였다. 맨 꼭대기 층이었다.

두 사람은 침대 위에 누웠다.
밤하늘은 가득한 별들로 빛나고 있었다.
엘리베이터에서 내린 후, 두 사람의 거리가 단숨에 좁혀진 것에 그녀는 묘한 느낌을 받았다. 지금 침대에 누워 있는 몸은 자신의 것이 아닌 듯한…….
"이런 곳이 있다니……."
그녀가 말했다.
"그래서 말했잖아요. 우연과 필연이 만나는 곳이라고."
"별이 윙크하는 것 같아요."
"뭔가 먹어야겠죠?"
그는 사이드 테이블에 손을 뻗어, 호텔 안내 보드를 소리 내어 읽었다.
"룸서비스는 24시간, 식사는 태양과 별 메뉴. 뭐가 좋을까요……."

두 사람은 벌거벗은 채 식사를 했다. 창가 테이블에 별 메뉴를 늘어놓고, 와인과 함께 몸 속에 집어넣었다.

그러고 나서 두 사람은 다시 침대 위에 나란히 드러누워 하늘을 바라보았다.

유리벽 너머로 보이는 하늘의 세계에 비하면, 천창의 하늘은 네모나게 도려낸 작은 세계 같다. 각각의 세계 안에서 빛나는 별들. 천창의 세계만을 보고 살아간다면 하늘이 무한하게 펼쳐져 있다는 사실을 알지 못하리라.

나의 마음을 두드리지 말아요.

두드린다면?

아파요.

당신은 두드려주길 바라고 있어요.

그렇지 않아요.

당신의 몸은 열려 있고, 부드러워요. 몸은 거짓말을 못하죠.

자유롭고 싶어요.

구속받고 싶지 않아서?

구속하고 싶지 않아서.

상처 입을까 두려워 닫아두고 있으면 언제까지라도 상처 입은 그대로죠. 상처는 줄어들지 않아요.

줄어들지는 않아요.

상처는 감싸서 녹여버리는 것이 좋아요. 자유롭고 싶다는 구속으로부터 자유로워지는 겁니다. 사람은 자유로우면 불안해지니까요.

"앗, 부딪치겠어요!"

그녀는 엉겁결에 상반신을 일으켰다. 깜박이면서 밤하늘을 날던 비행체가 별에 충돌할 것만 같았다. 그녀의 입은 뻐끔하니 벌어져 있고, 다섯 개의 손가락이 그 위를 덮고 있었다.

"아슬아슬해요."

"뭐가요?"

"후—."

그녀가 일으키고 있던 상반신을 뒤로 털썩 누이자, 그 몸을 남자의 팔이 부드럽게 감쌌다.

지금까지 거절해온 것을 받아들인다. 매번 새롭게 탈바꿈하면서도 계속 한자리에 앉아 있는 나라는 존재는 타인을 두려워하고 또한 그런 자신을 두려워하고 있다. 그러나 무엇 때문에? 아주 높은 곳에서 내려다보고 있는 이제까지의 자신을 조심스러워하고 있다.

"계약이라면 저도 좋아요."

그녀가 말했다.

"계약?"

"그래요. 계약 연애."

"말하자면, 기한이 정해져 있다는 겁니까?"

"3개월 계약에, 갱신 가능."

"갱신 가능! 그건 나쁘지 않군. 계약서도 써야 해요?"

"귀찮으니까 구두 계약으로 할까요?"

"계약치고는 엉성하네. 당신이 쓰면 내가 사인할게요."

"3개월 기한이면 되겠어요?"

"당신이 좋다면."

"정말 그걸로 괜찮아요?"

"괜찮다니깐, 어쩐지 불만인 모양이네."

"설마."

"무기한 계약도 괜찮은데."

"생각해보죠."

두 사람은 웃음을 터뜨렸다.

그의 부은 윗입술이 부드럽게 하얀빛을 발하고 있었다. 그녀는 그의 입술을 바라보았다.

연극 연출가인 이 사람의 무엇을 어떻게 알면, 이 사람을 아는 게 될까? 그녀는 공기를 품은 비단처럼 부드럽게 빛나는 그의 윗입술을 바라보면서 생각했다.

　아직 이름도 모르는 그에게 끌리고 있는 나 자신은 또 누구란
말인가?

손바닥의 눈처럼

유 이 카 와   케 이

그때까지 사랑도 몇 차례 경험했다. 허구한 날 울기만 하던 사랑도 있었고,
화만 내던 사랑도 있었다. 마음만 헛돌던 사랑, 육체만을 원한 사랑도 있었다.
각기, 그때 나름의 사랑의 존재 방식이었다고 생각한다.

유이카와 케이

가나자와 출생. 은행 사무직을 거쳐 1984년 『바닷빛 오후』로 제3회 코발트 노벨 대상을 수상하면서 작가로 데뷔. 『어깨 너머의 연인』(제126회 나오키상), 『당신을 원해』, 『이별하기 위해』, 『점점 멀어지는 당신』, 『싱글 블루』, 『현기증』, 『아픈 달』, 『어젯밤, 더 이상 사랑 따위 않겠다고 맹세했다』, 『오늘 밤 누구 곁에서 잠들다』, 『봄 안개 피어나는 아침으로 가다』, 『백만 번의 변명』, 『이별의 말은 나로부터』, 『매리지 블루』 등이 있다.

올려다보니, 가로수 잎은 완전히 다른 색으로 물들어 있었다.

계절은 신체보다 마음과 직결되어 있다고, 나오는 생각한다. 특히 가을에서 겨울로 접어들 때면, 무언가에 쫓기는 듯한, 누군 가에게 버림받을 것만 같은 그런 서글픈 초조함이 차가운 바람 과 함께 옷깃과 소맷자락 사이로 스며들어와 몸과 마음을 움츠 러들게 한다.

만약 지금 만나러 가는 그가 '몸도 마음도 녹아들 만큼 사랑 스러운 남자'였다면 얼마나 가슴 설렐까. 지금처럼 이런 기분이 들 리가 없다. 세상에는 불운이니 악의니 한숨이 넘쳐날 만한 일들이 가지가지 있겠지만, 나만은 그런 일들과 거리가 멀다는 얼굴을 하고 약속 장소를 향해 걸음을 재촉할 것이 틀림없다.

나오는 가로수에서 눈을 떼고, 어쩔 수 없다는 듯한 발걸음으로 다시 걷기 시작했다.

한 달에 한 번 꼴로, 야마시타 슌타로와 만나온 지 어느덧 1년이 다 되어간다. 물론 그는 '몸도 마음도 녹아들 만큼 사랑스러운 남자'가 아니다. 굳이 표현하자면, 나오로부터 '몸도 마음도 녹아들 만큼 사랑스러운 남자를 빼앗는 데 한몫하는 남자'라고 할 수 있다.

그래도 나오는 한 달에 한 번, 슌타로를 만나러 간다. 그것이 당시 슌타로와 나눈 약속이기 때문이다.

약속 장소는 늘 정해져 있다. 오모테산도 거리 가장 뒷길에 자리한 작은 선술집. 슌타로의 단골집이다. 건너편은 놀이터로, 페인트칠이 벗겨진 시소와 벤치와 그네가 하나씩 놓여 있다.

다소 빛바랜 남색 포렴 자락을 들치고, 그다지 맞음새가 좋다고 할 수 없는 미닫이를 열고 안으로 들어가자 슌타로의 뒷모습이 바로 보였다.

"어이!"

슌타로가 돌아보더니, 언제나처럼 약간 난감한 듯한 표정으로 짧게 인사하며 한 손을 들었다.

가게에는 일곱 명이 앉을 수 있는 카운터석과 4인용 테이블석이 한 개. 그리고 머리가 반쯤 센 주인과 피부가 희고 살찐 안주인이 있었다.

"안녕하세요."

나오는 두 사람에게 가볍게 인사한 후, 슌타로 옆에 앉았다.

"생맥주 중간 걸로 주세요. 그리고 두부전이랑 미트볼. 아, 고래 고기 베이컨도요."

슌타로의 소주 칵테일 잔은 이미 3분의 1로 줄어 있었다.

삶은 풋콩, 정어리 튀김, 두부 튀김 접시를 보고, 나오는 무심코 한마디했다.

"또, 그거예요?"

"좋아서 먹는 건데요, 뭐."

만나서 즐거운 건 아니다. 오히려 싫은 기억이 떠올라 무뚝뚝한 태도로 서로를 대하게 된다.

이것도 늘 있는 일이지만, 두 사람은 별반 대화도 없이 내키는 대로 골라 마시고, 먹고 싶은 걸 먹는다. 이윽고 술에 취해 잠자코 있는 것이 갑갑하게 느껴질 즈음, 띄엄띄엄 이야기를 시작하고 어느새 논쟁으로 발전한다. 테마는 늘 정해져 있다. 남자와 여자.

"그러니까, 나는 도저히 **뻔뻔하다**고밖에 생각할 수 없어요.

남자가 '난 어린애니까.' 라고 말하는 건."

생맥주를 두 잔 비워, 눈 주위가 온통 벌게진 나오가 말했다.

슌타로는 이미 소주 칵테일 넉 잔째에 돌입했다.

"남자란, 아무리 나이를 먹어도 죄다 '어린애' 같은 구석이 있기 마련이라니깐 그러시네."

카운터 안쪽에서, 주인 부부가 어이없다는 듯이 쓴웃음을 짓고 있었다.

"하지만 그건 남자가 변명할 때 늘 하는 소리잖아요. 자기가 좀 불리해지면 '내가 애 같아서 말이지.' 하면서 달아나려고 든 다니까."

"요컨대 댁도 그때, 그 말을 들었다는 거요?"

나오는 순간 침묵했다. 그러고 나서 안주인에게 데운 청주를 주문했다.

"그래요. 그 말을 하면, 내가 '어쩔 수 없지.' 하면서 용서라도 해줄 줄 알았는지. 워낙 무르니까."

"여자는 어떻고요. 여자의 변명은 늘 '외로워서 그랬다.' 는 거죠. 이를테면 나쁜 건 자신이 아니라 자신을 외롭게 만든 남자라는 겁니다. 여자들은 왜 뭐든지 남 탓으로 돌릴까."

"그러니까 댁도 그때, 그 말을 들은 거네요?"

176

슌타로는 소주 칵테일을 비웠다.

"그래요, 뭐 잘못된 것 있습니까?"

나오는 따끈하게 데운 술병을 기울이고, 술김에 여세를 몰아 말했다.

"어쨌든 이것만은 분명해요. 당신이 좀더 다에코를 확실하게 붙잡았더라면 그런 일은 일어나지 않았다는 것."

물론 슌타로도 결코 물러서는 법이 없다.

"자기 애인이 여자한테 쉽게 한눈파는 걸, 내 탓으로 돌리지는 마요. 댁한테 뭔가 불만이 있었으니까 다른 여자한테 눈길이 간 거겠지."

"너무해."

"너무한 건, 그쪽이라니까."

그런 말이 오고 간 후에는 서로 입을 다물어버린다.

이것도 늘 있는 패턴이다. 그러고 나서 카운터에 팔꿈치를 괴고, 손바닥으로 턱을 받치고, 술에 취해 어질어질 흔들리는 머리로 게슴츠레 눈을 뜬다.

"이제 얼마 안 남았네요, 약속한 날짜."

슌타로가 중얼거리듯이 말했다.

"그러네요."

나오는 멍한 어조로 대답했다.

그래, 이제 곧. 이제 곧 약속한 그날이 온다.

*

작년 겨울.

딱 요맘때의 일이다. 가로수 잎은 모조리 떨어지고, 거스를 것 없어진 나뭇가지 사이로 겨울 달빛이 하얗게 쏟아지고 있었다. 발치에는 낙엽들이 건조한 소리를 내며 뒹굴었다.

나오는 연인인 료지와 에비스에서 만나, 당시 자주 다니던 이탈리안 레스토랑으로 갔다. 그 가게에 가면 정하기라도 한 듯 으레 마당 가까운 창가 자리에 앉았다. 그곳에서 마늘로 맛을 낸 파스타와 허브 샐러드와 가재새우 그릴 요리를 먹고, 돌아오는 길에 비디오 대여점에서 비디오테이프를 빌려 료지의 집으로 향했다.

이 무렵, 주말 저녁은 대개 이런 패턴으로 지내는 것이 습관화되어 있었다.

사귄 지 3년이 되는 료지와는 어쩌면 결혼까지 갈지도 모른다는 예감이 있었다.

그때까지 사랑도 몇 차례 경험했다. 허구한 날 울기만 하던 사랑도 있었고, 화만 내던 사랑도 있었다. 마음만 헛돌던 사랑, 육체만을 원한 사랑도 있었다. 각기, 그때 나름의 사랑의 존재 방식이었다고 생각한다.

스물여섯 살이라는 나이에 결혼을 의식한다는 것이 그리 부자연스러운 일은 아니라고 생각했다. 물론 지금 당장이라는 것은 아니었고, 단지 결혼할 목적으로 료지와 사귀는 것도 아니었다. 그러나 무슨 일이든 그렇겠지만, 일에는 전개 과정이라는 것이 있다. 그런 의미에서 나오는 료지와 자신의 전개 과정에서 어떤 예감 같은 것을 느끼고 있었다.

료지는 거래처의 영업사원으로, 일을 통해 알게 되었다. 료지는 다정한 성격에, 나오를 언제나 아껴주었다. 함께 있으면 마음이 편안했다. 료지와 함께라면 긴 인생 동안 같은 방향을 향해 걸어갈 수 있을 것 같았다.

그랬다. 그 순간까지 그 점을 믿어 의심치 않았다.

그날 밤, 아파트에 도착해서 료지는 샤워를 하러 세면실에 들어가고, 나오는 침대를 등받이 삼아 바닥에 앉아 피어스를 뺐다. 그때, 손가락이 미끄러져 피어스가 침대와 사이드 테이블 틈새로 굴러 들어갔다. 이런이런, 하고 틈새에 손을 밀어넣었는데 보니, 손가락에 닿는 것은 피어스가 아니었다. 나오는 그것을 끄집어냈다. 작은 하트가 촘촘히 연결된 팔찌였다.

나오는 그것을 본 기억이 있었다.

다에코의 팔찌였다.

다에코는 학창시절 때부터의 친구로 그때까지 쭉 친하게 지내왔다. 나는 연인인 료지를 그녀에게 소개해주었고, 다에코 또한 연인인 슌타로를 나에게 소개시켜주었다.

그 팔찌는 슌타로가 선물한 것으로, 다에코가

"잠잘 때 말고는 절대 빼놓지 않아."

라고 했던 말까지, 나오는 불행히도 기억하고 있었다.

왜, 이게 여기에?

라고 의아해하는 정도로 끝날 만큼, 나오는 세상 물정 모르는 여자애가 아니었다. 그래서 모든 상황을 짐작했다.

"아, 개운하다."

이윽고 태연한 음성으로 료지가 세면실에서 나왔다.

"나오도 목욕하고 오지 그래."

그의 말을 무시하고, 나오는 팔찌를 내밀었다.

"이거."

"뭐야, 그게?"

"모르겠어?"

"글쎄."

"다에코의 팔찌야. 저기 침대와 사이드 테이블 사이에 떨어져 있었어."

"어……."

그 당시 료지의 얼굴을 떠올리면 지금도 속이 뒤틀리는 것만 같다. 그의 표정은 너무나 정직하게 사태를 긍정하고 있었다.

"아니, 그게, 그러니까……."

료지는 횡설수설 변명하려 했다. 그 순간 나오는 료지에게 팔찌를 내던졌다.

"자신이 대체 무슨 짓을 저질렀는지 알고는 있는 거야! 다에코는 내 친구라고."

료지의 눈빛이 흔들리더니 허공을 헤맸다.

"아니, 그러니까, 일부러 그런 게 아니라, 어쩌다 보니 일이 그렇게 됐을 뿐이야. 그렇다고 무슨 큰 의미가 있는 건 아니야."

나오는 머리 위로 피가 솟구치는 것을 느끼며 되받아쳤다.

"큰 의미는 없다고? 내 친구랑 한 침대에 들어가놓고, 큰 의미가 없다고? 그게 말이 돼?"

그때 료지가 말했다.

"그러니까 뭐랄까, 남자는 나이를 먹어도 어린애 같은 면이
있어서……."

나오는 아파트를 뛰쳐나왔다.

*

"여자는 걸핏하면 외롭다는 것을 방패 삼지만, 나도 나 혼자
놀겠다고 그녀를 내버려둔 건 아니에요."

슌타로는 소주 칵테일 잔을 입으로 가져가면서 멍하니 허공
을 바라보았다.

"결산이 코앞이라 정말 중요한 시기였다고요. 만나지 못해서
외롭다고 말한다면, 그건 피차 마찬가지잖아요. 그런데도 어째
서 유독 나만 비난을 받아야 하는 거죠? 남자한테도 사정이 있
는데. 그 점을 이해해주길 바라는 게 그리도 무리한 요군가요?"

"그런 건 아니지만."

182

나오는 다소 머뭇거리면서 대답한다.

"단 10분을 만나도 좋아요. 잠깐이라도 만날 수 있다면 그것으로 외로움은 사그라드니까. 그런 건 좋아하는 여자한테라면 귀찮아하지 않고 확실하게 해줘야 되는 거잖아요."

"설사 그렇게 만난들, 마음만 급하지 조금도 즐겁지 않아요. 기왕 만나는 거 좀더 여유 있게 만나면 좋잖아요. 만나는 것 자체가 중요한 건 아니잖아요. 전화든 메일이든, 커뮤니케이션 방법은 그 밖에도 얼마든지 있으니까."

"하지만 만나는 것 이상으로 나은 건 없어요. 여자는 한 시간 전화하는 것보다 단 10분이라도 확실하게 안아주길 바란다고요. 여자는 그런 동물이에요. 어째서 남자들은 그런 여자의 마음을 몰라주는지."

슌타로는 어이없다는 듯이 나오를 바라보았다.

"마음을 몰라주는 것으로 치자면 여자도 마찬가지죠. 어째서 여자들은 남자의 마음을 이해 못하는지. 여자는 항상 자기가 못 참는 건 생각 않고 남자만 비난한다니까."

나오도 물론 지지 않는다.

"여자는 모두 피해자가 되고 싶어 한다는 듯한 말투네."

"내 말은 그게 아니라, 남자와 여자는 원래부터 다른 동물이라는 거죠. 신체 구조도 다르고, 사고방식도 달라요. 제각기 역할을 짊어지고 태어난 거잖아요. 뭐든 다 통할 것이라는 생각 자체가 무리라는 거예요, 내 말은."

"그래요, 그러니까 더욱 만나고 싶은 것 아니겠어요?"

"그건 아니죠. 그러니까 더욱 인내가 필요하지 않을까요?"

*

놀랍게도 그 다음날, 다에코한테서 메일이 왔다.

'미안해, 나오. 그럴 생각은 아니었어. 어쩌다보니 그렇게 됐을 뿐 특별히 깊은 의미는 없어. 지금 생각하면 료지도 나도 왜 일이 그렇게 됐는지 잘 모르겠어. 우연히 신주쿠에서 만나 잠깐 술이나 한잔하자는 얘기가 나와서, 요즘 매일 바쁘기만 한 슌타로 문제로 상담받는 동안 그냥 그런 분위기가 돼버린 거야. 둘 다 무척 취해 있었어. 그걸 변명 삼는 건 뻔뻔할지 모르지만…… 정말 미안해.'

요컨대, 어제 밤 사이 료지가 다에코에게 연락을 했다는 것.

료지로서는 잘 되길 바라는 마음에 취한 행동인지도 모르지만, 이런 일이 나오를 더 상처 입힌다는 것을 왜 모를까.

'그래서 말인데, 나…… 이대로는 불공평하다는 생각이 들어서 슌타로한테도 모든 사실을 얘기했어.'

나오는 읽으면서 경악했다.

'그러니까, 이것으로, 서로 비겼다고 치고…….'

그대로 머리를 감싸며 침대에 쓰러졌다.

다에코에게는 확실히 그런 면이 있다. 천진난만하다고 해야 할까. 생각을 가슴속에 담아두질 못한다. 지금까지는 그런 천진함이 좋았다. 하지만 지금은 화가 날 뿐이다.

그런 짓을 해서 뭘 어쩌자는 건지. 상처 입는 인간만 하나 더 늘어날 뿐 아닌가.

*

"남자에게 애인은 몇 번째 의자에 해당하죠?"

"어려운 거 묻지 마요. 애당초 순서 같은 걸 매길 순 없으니까. 분명 첫 번째 자리는 있어요. 하지만 그건 그때그때 대체되죠. 일을 할 때는 일이 첫째, 친구들과 술 마실 때는 친구들이 첫째. 그럴 때는 솔직히 말해 여자친구 일은 까맣게 잊어요. 하지만 여자친구와 있을 때는 그녀가 최우선. 그럼 된 거잖아요?"

"어쩐지 자기 편의만 생각한 변명 같아요."

"그럼 생각해봐요. 예를 들어 일하는 중에도 늘 애인을 생각하는 남자, 어떻게 생각해요? 곤란하지 않겠어요?"

"그렇긴 하지만."

"그럼 나도 묻겠는데, 여자는 어떤데요?"

"여자도 그때그때 자리는 바뀌죠. 머릿속이 일로 가득할 때도 있고, 여자들끼리의 친목도 소중히 여겨요. 하지만 말이에요, 애인 자리는 그런 것과는 전혀 별개의 장소에 있어요. 특별석이라고 해야 하나? 일과 친구들은 그때그때 순번이 바뀌어도, 그 특별석에는 애인밖에 앉을 수가 없죠."

"흐음."

"남자들은 이해 못하겠지만."

"아, 이해 안 돼요."

＊

　그때, 료지는 몇 번이나 미안하다고 사과했다.

　그 말에 거짓은 없어 보였다.

　"정말로 좋아하는 사람은 나오뿐이야.", "딱 한 번의 실수였어, 용서해 줘.", "두 번 다시 나오에게 상처 주는 일은 하지 않겠다고 맹세할게."

　그러나 도저히 용서할 수 없었다. 아무 일 없었다는 듯이 모든 것을 덮어버린다는 게 도무지 불가능했다.

　료지를 정말로 좋아했기에 깊은 실망감에 휩싸였다.

　그런데 주위의 반응은 의외로 료지의 손을 들어주는 쪽이 많았다.

　"살다 보면 그런 일도 있기 마련이야. 인간이잖아."

　"그만큼 반성했으니까, 한 번쯤 눈감아주지 그래?"

　"남자의 바람에 하나하나 신경쓰다 보면, 평생 아무도 못 사귈걸?"

　"정말로 좋아한다면 용서할 수 있잖아."

　여자친구들도 남자친구들도, 나오의 마음은 이해한다고 하면서 마지막에는 늘 그런 식으로 말했다. 정말 그럴까? 자신들이 당사자라 해도 같은 말을 할 수 있을까?

만약, 당사자였다 해도.

*

"유치한 걸 묻는다고 생각할지도 모르겠지만."

"그렇게 생각 안 합니다."

"남자와 여자가 서로를 제대로 이해할 수 있다고 봐요?"

"글쎄, 아마도 무리가 아닐까요?"

"역시 그렇겠죠?"

"그건 동성 사이에도 마찬가지죠."

"그래요. 자기 자신도 제대로 이해 못하는데, 타인이야 말할 것도 없겠죠. 더구나 남자와 여자인데."

"그렇게 생각하니까 어쩐지 좀 의욕이 없어지네."

"피차 이해하지 못한다면, 과연 필요한 것이 뭘까요?"

"흐음, 어렵네."

슌타로는 잠시 생각하더니 이렇게 대답했다.

"이해하고 싶다는 마음. 사실은 이해하지 못해도 이해하기 바라는 마음이 있는 한, 뭐가 돼도 되지 않을까요? 어차피 이해 못할 거라고 해서 내버려두면 그것으로 끝이겠죠."

*

같은 당사자로서, 슌타로는 어땠을까?

다에코를 용서했을까, 아니면 헤어졌을까?

궁금해지기 시작하자 아무래도 확인해보고 싶어졌다. 어쩌면 지금의 나오와 마찬가지로, 깨끗하게 용서할 수 없는 자신이 도리어 비난받고 있는 듯한 기분에 빠져 있을지도 모른다.

알고 싶어졌다. 지금 슌타로가 무엇을 어떻게 생각하고 있는지 그 점을 알고 싶었다.

"잠깐 할 얘기가 있는데, 시간 괜찮아요?"

전화로 머뭇거리면서 형편을 묻자, 시원시원하게

"좋아요."

라는 답변이 돌아왔다.

요요기공원에 인접한 노천카페에서 만났다. 슌타로와 만나는 것은 오랜만이었다. 전에 만났을 때는 넷이서 바다에 놀러갔을 때이므로, 벌써 반년이 다 되었다. 설마 이런 날이 올 줄도 모르고 넷이서 천진하게 놀았던 기억이 떠올라 앉아 있기가 몹시 거북했다.

틀림없이 코가 석 자는 빠져 있을 줄 알았는데, 슌타로는 상당히 표표해 보여 은근히 맥이 빠졌다.

나오의 얼굴을 들여다보더니, 슌타로는 적이 얄궂은 웃음을 지었다.

"이런 이런, 기운이 하나도 없어 보이네. 아직 충격에서 벗어나지 못한 건가?"

"그쪽은 강한 척 하는 거예요?"

나오는 다소 어기차게 대꾸했다. 슌타로는 얼핏 쓴웃음을 지었다.

"용건은?"

"눈치도 없이 이런 말 묻는 건지도 모르겠지만, 알고 싶었어요. 당신이 다에코를 용서했는지 아닌지."

슌타로는 눈살을 찌푸렸다.

"나, 거기에 대답해야 합니까?"

나오는 고개를 가로저었다.

"대답하고 싶지 않은데 억지로 하라는 건 아니에요. 그럴 권리, 나한테는 없어요."

"그래요?"

"다만, 다른 사람들은 모두 용서해야 한대요. 용서하는 것이 애정이라고. 그러다 보니 그렇게 못하는 내 자신이 어쩐지 잘못하는 것 같은 기분이 자꾸 들어서."

슌타로는 침묵했다.

"그런 일에 연연하는 건, 결국 그 사람을 정말로 좋아하는 게 아니라는 말도 들었어요."

"나오 씨 생각은 어떤데요?"

"아무리, 그렇겠어요. 정말로 좋아하니까 용서할 수 없는 거잖아요."

"그럴 테죠."

"그는 내내 사과했어요. 정말 미안하다고, 진심으로. 그런 그를 보고 있자니, 용서 못하는 내 자신이 역시 속 좁은 인간이라는 생각이 들어서."

나오는 슌타로를 똑바로 보았다.

"그래서 나…… 그때부터 쭉 생각했어요."

"어떤?"

"1년의 유예 기간을 갖자고."

"유예 기간?"

슌타로는 의아하다는 듯이 고개를 갸웃했다.

"만약 1년 동안 료지가 변함없이 나를 기다려준다면 그 마음을 믿자고."

"당돌하네."

"그럴지도 모르죠."

"전혀 안 만날 건가요?"

"네. 모두 바보 같다고 했어요. 나이 먹고 너무 어린애 같다고. 하지만 나, 연애에는 어딘가 어린애 같은 면이 필요하다고 봐요. 어른인 척, 불리하다 싶으면 전부 눈감아버리는 일, 하고 싶지 않아요."

슌타로는 어떻게 대답해야 좋을지 망설이는 것처럼 보였다.

"슌타로 씨 생각은 어때요?"

"흐음."

"이런 얘기 물어서 난처하리란 것은 알아요. 하지만 당신이라면 내 심정을 이해해줄 것 같아서."

잠시 동안 두 사람 모두 침묵했다.

"솔직히 말하면 별로 자신이 없어요. 그런 일이 정말로 가능할지. 도중에 흐지부지되거나, 결국 헤어져버리거나, 그 어느 쪽이지 싶어서."

"그럼 한 달에 한 번, 그것을 서로 확인해보는 건 어떨까요?"

나오는 눈을 깜박였다.

"그건 어떤 의미?"

"저도 1년 동안 그녀를 만나지 않을 겁니다."

"엣……."

"솔직히 말하면, 저도 지금 나오 씨와 마찬가지예요. 어떡해야 좋을지 모르겠어. 아무 일도 없었던 것처럼 이대로 그냥 만나는 게 좋을지, 아니면 헤어져버리는 게 나을지."

"하지만……."

"이건 그녀의 마음을 시험하는 게 아니에요. 오히려 그 반대로 내 마음을 시험해보고 싶은 겁니다. 내 나름으로 그녀를 소중히 여겼으니까. 그래서 그럴 생각이에요."

그러고 나서 슌타로는 다소 슬픈 눈을 했다.

"이래 봬도 나, 무척 상처 입었거든요."

*

"후회 안 해요?"

"뭘?"

"1년 동안 다에코와 만나지 않겠다고 나랑 약속해버린 일."

"만약 그 일을 후회한다면, 누군가를 좋아하게 되는 것 자체를 전부 후회하겠죠. 그때 그 녀석을 좋아하지 말았어야 했는데, 라고 말이죠."

나오는 가볍게 웃었다.

"그렇네, 사랑은 후회의 연속이네요."

"이런 건 아니었는데, 라는 싸움이기도 하고."

"그런데도 어째서 인간은 누군가를 좋아하게 되는 걸까요?"

"내 말이. 어느새 좋아하고 있으니."

"때로는 자기 자신도 모르는 사이에."

"1년 동안 만나지 않았으면 좋겠어."

그렇게 말했을 때 료지는 눈이 휘둥그레져 나오를 바라보았다.

"진심이야?"

"응, 진심이야."

"그렇게 내 마음을 못 믿겠어?"

"그게 아냐. 믿고 싶으니까 그러는 거야. 자신이 없어? 1년이나 못 만나면 역시 마음이 떠나버리는 거야?"

"그런 말이 아니잖아."

"그렇다면."

료지는 깊게 한숨을 내쉬었다.

"그게 나오의 결론인 거네."

나오는 고개를 크게 끄덕였다.

"그래, 그렇게 하자."

*

"남자와 여자에게 가장 소중한 게 뭐라고 생각해요?"

"함께 살아간다는 건, 어떤 거죠?"

"상처 입히는 것과 상처 입는 것, 어느 쪽이 더 불행할 것 같아요?"

"좋아하는 사람보다 먼저 죽고 싶어요? 아니면 나중에 죽고 싶어요?"

"남자의 바람과 여자의 바람은 역시 다른 건가요?"

"사랑이라는 말, 너무 무거워서 어떤 때 사용해야 좋을지 모르겠어요."

그런 대화를, 지난 1년 동안 슌타로와 되풀이했다.

그것은 마치 료지와 만날 때까지 마쳐두어야 할 필수과목처럼 느껴졌다. 그동안 내 나름대로 다양한 해답을 찾아놓지 않으면 의미 없는 1년이 되어버릴 것 같았다.

그리고 오늘이 약속한 날.

1년 만에 료지와 만나는 날이다.

나오는 아침부터 일이 손에 잡히지 않았다. 만나기로 한 시각은 저녁때인데도 아침 6시에 이미 눈이 떠졌다.

텔레비전을 켜자, 저녁때부터 날씨가 흐려진다는 일기예보가 흘러나왔다.

'그렇다면 펌프스는 그만두고 부츠를 신고 나가는 게 좋을지 몰라. 지난번에 산 쇼트 부츠는 바지보다 스커트에 어울리니까. 그리고 입고 나갈 옷도 생각해둬야 하는데. 얼마 전, 첫눈에 맘에 들어 산 예쁜 밤색 양모 머플러를 목에 두르고. 아, 가방은 어떤 걸 들고 나갈까…….'

약속 장소는, 그 무렵 둘이서 가장 맘에 들어 한 이탈리안 레스토랑이다.

"1년 후, 늘 그랬듯이 마당 옆 창가 자리에서 기다리고 있어."

그날, 나오의 말에 료지는 진지한 눈빛으로 끄덕였다.

"알았어. 꼭 나갈게. 내 마음은 1년 정도로는 변하지 않는다는 것을 확실하게 증명해 보이겠어."

그 말을 듣는 순간, 나오의 머릿속에는 '정말일까?' 라는 생각이 들면서 그것과 같은 무게로 '틀림없이 와줄 거야.' 라는 안타까운 바람이 모순되어 겹쳤다.

나오는 약속 장소인 레스토랑으로 향했다.

시작되는 1년은 까마득하게 느껴질 만큼의 길이인데도, 이렇듯 지나간 1년을 돌이켜보면 눈 깜빡할 시간인 것처럼 생각되기도 한다. 지난 1년 동안 두 사람은 무엇이 달라지고 무엇이 그대로일까. 그것을 지금, 이 눈으로 확인할 수 있다.

나오는 레스토랑 문을 열었다. 다리가 조금 떨리는 것은 추위 때문만은 아니었다. 천천히 안쪽 자리로 눈길을 주자, 그곳에 그리운 얼굴이 있었다.

료지였다.

1년 만에 보는 료지는 조금 어른스러워진 느낌이었다. 트위드 재킷도 심플한 다크그린색 넥타이도 모두 고상해 보였다. 둘 다 나오가 처음 보는 것이었다.

나오는 료지에게 다가갔다.

"오랜만이야."

"응, 좋아 보이네."

"료지도."

서로 진정이 안 되어 주고받는 말이 뒤엉켰다.

나오는 조그맣게 심호흡을 했다.

"솔직히 말하면, 안 올지도 모른다고 생각했어."

"그래."

"역시 1년은 기네."

"그래, 확실히 길어."

그러고 나서 료지는 와인을 주문했다. 1년 전, 나오가 좋아하던 와인이었다.

"그때 일, 다시 한 번 확실하게 사과하고 싶었어. 정말, 나오한테는 못할 짓을 했어. 아마 내 어딘가에 안이한 구석이 있었던 모양이야. 잠자코 있으면 들통 나지 않을 거라고. 들통 나고 안 나고의 문제가 아냐. 이유가 어떻든 나는 나오를 배신했어. 그 일을 좀더 무겁게 받아들였어야 했어."

나오는 조용히 고개를 흔들었다.

"그만 됐어. 이렇게 1년의 약속을 료지는 지켜주었어. 그것만으로도 된 거야."

"하지만……."

료지는 머뭇거렸다.

나오는 어쩐지 사랑스러운 마음이 들었다. 료지는 늘 그렇다.

뭐든 숨기질 못한다. 때문에 그때도 다에코와의 일을 그렇듯 단박에 자백하고 만 것이다.

와인이 나왔다.

두 사람은 건배를 했다. 나오는 글라스를 입으로 가져가면서 살짝 미소 지었다.

"료지, 알고 있어. 네가 무슨 말을 하려고 왔는지. 조금 전, 료지의 얼굴을 보자마자 바로."

료지는 깜짝 놀란 양 얼굴을 들었다.

"미안. 그때 그렇게 말해놓고도 결국 약속을 지키지 못했어."

"괜찮아."

나오는 대답했다.

1년이라면 용서해줄게.

그런 무모한 약속을 입 밖에 냈을 때부터 이미 결론은 나 있었다. 료지의 마음이 어느 정도인지 가늠하려 했던 순간에, 이미 이 사랑은 끝이 났던 것이다.

"좋아하는 사람이 있나보네."

"응."

"어떤 사람?"

"학교 후배인데, 반년쯤 전에 서클 동문회 자리에서 만났어."

"그래."

"나오한테 몹쓸 짓을 하고, 내내 가슴이 아팠어. 정말이야. 그때 일은 정말 내가 나빴어. 그녀는 그런 내 이야기를 잘 들어줬어. 의견도 많이 내줬고, 나무란 적도 있어. 나도 모르게 화가 나서 반론하고, 그러다 격앙되어 말다툼도 했어. 그러는 동안 차츰 그녀가 내게 없어선 안 될 존재가 된 거야. 물론 내 마음은 아직 하나도 전하질 못했어. 오늘 나오를 만나고, 모든 일은 그 다음부터라고 생각해."

나오는 그제야 깨달았다. 아니, 실은 이미 훨씬 전부터 알고 있었는데 모르는 척 해왔다.

"료지, 미안해. 사과는 오히려 내가 해야 돼. 내 잘못이야. 그때 우리가 해야 했던 일이 바로 그런 거였어. 좀더 부딪치고, 대화하고, 많이 끌어안고, 키스하고, 싸우고……. 그런 일을 되풀이하면서 우리 둘이 해답을 찾아내야 했어. 1년 동안 만나지 않고, 둘인데도 혼자서 해답을 찾아내려 하다니, 그건 역시 잘못이었어."

료지는 어쩐지 안심한 듯한 얼굴을 하고 있었다. 한없이 솔직한 료지를 보며, 나오는 또 한번 가볍게 미소 지었다.

"그런데 솔직히 말해, 상대가 다에코가 아니라서 안심이야."

"당연하지. 그 애랑은 그 뒤로 한 번도 안 만났어."

"그럼, 다에코가 어떻게 지내는지도 몰라?"

"전혀 몰라."

지금쯤, 슌타로와 다에코도 어딘가에서 만나고 있을 테지. 어떤 결말을 맞이하고 있을까?

"하지만 두 사람, 그후 얼마 안 돼서 헤어졌다는 소릴 들었어. 헤어졌다고 해야 하나? 다에코가 다른 남자한테 갔다는 것 같던데……."

나오는 저도 모르게 얼굴을 들었다.

"그거, 언제 적 일이야?"

"그 일이 있고 나서 바로였지, 아마? 봄이 되기 전이었던 것 같아."

그렇게 일찍 헤어졌다니. 슌타로는 지금껏 그런 말은 한마디도 입 밖에 내지 않았다.

아무 내색도 하지 않고 매달, 나오를 만나주었던 것이다. 아무 말 없이 료지와 만나는 이날을 맞이하게 해준 것이다.

"고마워, 료지."

"응?"

"와주어서 기뻐. 그런데 나, 가볼 데가 있어서."

"어디?"

"정말 가지 않으면 안 되는 곳에. 미안해, 그럼."

나오는 의자에서 일어났다.

*

겨울 바람이 나오의 등을 떠민다.

그네가 살짝살짝 흔들리고, 그때마다 나오의 마음도 안타깝게 흔들린다.

나오는 선술집 앞의 작은 놀이터 안에 있다. 슌타로는 아직 가게에는 오지 않았다.

문득 눈이 내리는 것을 알아차린다. 고개를 들어보니, 가로등 불빛을 받으며 크리스털처럼 그 결정을 빛내고 있다. 나오는 손바닥을 펴고 내리는 눈을 받는다. 눈은 손의 온기에 금새 녹아 작은 물방울이 된다.

소중한 것을, 어떻게 하는 것이 진정 소중히 여기는 일인지, 그때 나오는 알지 못했다.

아무것도 하지 않으면, 모든 것은 아마도 이 손바닥의 눈처럼 녹아버리고 말겠지.

그러고 싶지 않다면.

그러고 싶지 않다면.

역에서부터 난 길을 따라 이쪽을 향해 걸어오는 실루엣이 보인다. 그게 누구의 것인지, 나오는 금방 알아차린다.

아스팔트 도로는 파우더를 뿌린 듯 눈으로 살짝 덮여 있다. 슌타로의 뒤로 이어지는 발자국이 늘어남에 따라, 조금씩 그러나 확실히 나오에게 가까워짐을 알 수 있다.

슌타로가 놀이터 앞에 망설이듯 멈춰 서서 나오를 바라본다.

나오도 그 눈길을 되받아친다.

그네에서 일어나는 나오와 놀이터 안으로 들어서는 슌타로의 거리가 점점 좁혀진다.

눈은 조용히 부드럽게, 두 사람을 감싸듯이 폴폴 흩날린다.

올 겨울, 첫눈이다.

옮기고 나서

사람은 누구나 한 번쯤 특별한 사랑을 꿈꾼다.

운명적인 만남, 열정적인 연애, 영원한 해피엔딩까지.

적어도 지금 하는 자신의 사랑은 운명적인 것이라 믿는다. 그렇게 사랑에 빠지고 행복해하고 절망하고 아파하고 애초에 잘못 든 길이 아니었을까 갈등하는 가운데 이별을 맞이하고 결국 사랑이라는 것도 사람과 사람의 관계 속에서 피어나고 성장하고 소멸하는 것임을 알아간다. 단순히 왕자와 공주가 만나 행복하게 잘 살았다는 해피엔딩으로 결말지을 수 없다는 것을.

우리가 살아가는 동안 지고 가야 하는 영원한 테마, '사랑'.

사랑에 관한 정의는 너무 많아 일일이 열거할 수조차 없다. 자고 나면 홍수처럼 쏟아지는 연애 정보, 사랑의 유형, 사랑을 둘러싼 말, 말, 말들. 사랑만큼 쉼 없이 솟아나는 얘깃거리가 또 어디 있을까 싶다.

당신이 생각하는 사랑은 무엇일까?

반짝임? 감동과 눈물? 회한과 그리움? 이성과 감성의 끊임없는 힘겨루기?

내가 생각하는 사랑은 '기적' 이다.

'당신은 내가 더 좋은 사람이 되고 싶도록 만들어요.' 라는 영화 속 대사를 빌리지 않더라도, 사랑은 고집스러운 나 자신을 더 나은 방향으로 하나하나 변화시켜주는 기적의 무한 에너지원임에 틀림없다.

지금 바로 이 순간, 당신의 가슴속에는 어떤 기적이 일어나고 있을까?

당신이 꾸려가는 사랑은 어떤 색에 비유할 수 있을까?

일곱 명의 여성 작가가 잔잔히 풀어놓는 일곱 가지 사랑 이야기를 통해 조명해보자.

만남의 예감, 사랑할 수밖에 없는 이유, 이별의 징조. 각기 다른 상황 속에서 벌어지는 다양한 형태의 연애담을 엿볼 수 있다. 주인공 모두 여성이라는 공통점은 있지만, 남녀 간의 연애

뿐 아니라 우정, 계약 연애, 새로운 사랑을 시작하려는 설렘, 이별을 앞둔 여성의 솔직담백하면서도 미묘한 심리가 잘 묘사되어 있다.

그중 인상에 남는 구절이 있어서 옮겨본다.

'연애라는 것이 상대를 알고 싶고, 긍정하고 싶고, 받아들이고 싶고, 온갖 감정을 함께 맛보고 싶고, 될 수만 있다면 줄곧 같이 있고 싶어 하는 것이라면, 우리 셋이 공유하고 있는 어떤 기분이야말로 연애에 가깝지 않을까.' (본문 중에서)

어쩌면 사랑의 궁극적인 해피엔딩은 우정의 형태인지도 모르겠다. 오랜 세월 서로의 마음과 생각을 주고받고 위로하고 격려하는 일련의 소통 과정을 거쳐 마침내 다다른 안정적이고 편안한 관계. 남자와 여자가 아닌 사람과 사람의 관계.

좋은 것만 옮겨 심은 형형색색의 꽃밭이 아니면 어떠랴. 서로가 서로의 빛깔에 물들어 한 빛깔의 풍경을 그려낼 수 있다면 그것만으로도 인생은 충분히 감동이다.

2006년 겨울, 신유희